LES AMANTS DU TAGE

DU MÊME AUTEUR

DANS CETTE COLLECTION

FORTUNE CARRÉE
L'ARMÉE DES OMBRES

La biographie de Joseph KESSEL
par Yves COURRIERE :

Joseph KESSEL
ou
SUR LA PISTE DU LION
(2 volumes)

JOSEPH KESSEL
de l'Académie française

LES AMANTS DU TAGE

PLON

ISBN 2-266-00484-0

C'ÉTAIT au mois de mai, dans l'année 1945, à Londres.

— Elephant's Castle, dit Antoine Roubier à l'employé du métropolitain qui délivrait les billets à la station Victoria.

L'employé regarda Antoine avec curiosité parce qu'il portait sur l'épaule de son vieux battle-dress l'insigne « France », mais parlait l'anglais avec un accent américain prononcé.

— Bon Dieu ! Vite ! gronda Antoine.

Son dur visage tanné exprimait la prière, la menace et une sorte de faim.

« Encore un qui revient de la guerre à demi fou », pensa l'employé.

Il donna le billet aussi rapidement qu'il put. Antoine lança sans effort sur son dos un pesant sac de soldat et s'engouffra dans l'escalier roulant. Il sautait plusieurs marches mouvantes à la fois.

L'impatience, en camion, en train, en bateau

et en train encore, s'était accumulée sans répit, sans merci, et travaillait chacun de ses muscles.

Dans le wagon du métropolitain, il y avait d'autres soldats. L'un d'eux demanda à Antoine :

— Démobilisé ?

— Ça se peut, dit Antoine, et il détourna la tête.

Il ne voulait pas être distrait. Il ne voulait pas être associé à la voix, au visage des autres. Depuis deux jours — camion, train, bateau, train et maintenant cette rame souterraine — il allait vers un seul visage, une seule voix.

A la station d'Elephant's Castle, Antoine Roubier avança vers la porte du wagon avec tant d'avidité et de force qu'il fendit comme d'un coin la masse des voyageurs du soir. A la porte même, il bouscula une femme menue, usée, aux cheveux gris. Il voulut s'excuser ; il respectait les vieilles. Mais celle-ci lui dit :

— Va, va, mon gars. Rentre vite chez toi.

Alors Antoine sourit et sa figure lourde et brutale, aux yeux immobiles, devint, pour un instant, naïve et sans défense.

Il lui restait à parcourir seulement quelques centaines de mètres. Ce fut pour Antoine la partie la plus longue de tout le voyage. Il ne savait plus mesurer la distance. Et Londres n'avait plus de réalité. Et jamais aucune ville n'en avait eu. Il avait tant changé de lieu et, depuis toujours, tellement bourlingué ! Ensuite, il s'était tellement battu !...

Quand il arriva devant une haute et longue maison grise percée de fenêtres innombrables — petits appartements à bon marché — Antoine sentit soudain que le corps puissant sur lequel il avait toujours compté lui faisait défaut. Il dut s'appuyer contre le mur.

Cette maison était la seule vérité du monde. Il y avait jeté l'ancre. Ann l'y attendait.

« Ce que je l'aime », se dit Antoine. « La première et la dernière... »

La force revint d'un seul coup dans son sang. Il lança sur son dos le sac de soldat et gravit l'escalier. Il était souple et léger. Il souriait vaguement sans le savoir. Son pas ne pesait point sur les marches.

A travers les combats, Antoine avait porté la clef du logement — le seul fétiche dans toute sa vie. La porte s'ouvrit. Il n'y avait qu'une pièce.

Ann était assise sur les genoux d'un homme et embrassait sa bouche à fond.

A l'entraînement des commandos, Antoine avait appris comment il fallait s'y prendre pour tuer vite, bien et silencieusement. Il avait eu beaucoup de pratique en France, aux Pays-Bas, en Allemagne.

Ann n'eut pas le temps de vraiment comprendre...

Puis Antoine dédaigna l'homme et descendit lentement dans la rue.

Quand il rencontra un policeman, il lui dit ce qu'il venait de faire.

On avait dû désigner un défenseur d'office, car Antoine s'était refusé à penser à son procès.

L'avocat — très jeune et qui revenait de la guerre — raconta avec simplicité et une grande vigueur, la vie difficile de Roubier : orphelin ; mousse sur un bateau de pêche ; tentant sa chance en Amérique dans tous les petits métiers. Il montra son caractère dur et secret, mais d'une loyauté entière. La guerre déclarée, Roubier était revenu en Francc. Après l'armistice de 1940, il avait gagné l'Angleterre pour s'engager.

Durant son temps d'instruction, il avait connu Ann. Ce fut la seule femme qu'il aima dans sa vie et avec toute la force d'un cœur intègre, solitaire et violent. Ils se marièrent quelques semaines avant le débarquement. Antoine Roubier fut de la première vague. Il ne pensa qu'à se battre. C'était dans son tempérament. Quand les combats cessèrent, il ne pensa plus qu'à revoir Ann. Il la retrouva infidèle. Son instinct et les habitudes qu'on lui avait enseignées le guidèrent alors.

Il portait en lui le sens d'une justice primitive et il avait eu pour métier de donner la mort. Ce qui avait suivi était dans la nature, dans la fatalité des choses. Si un meurtre pouvait être appelé équitable et innocent à la fois, c'était bien celui-là.

Antoine fut acquitté.

Il ne remercia pas son défenseur.

Il fallait recommencer de vivre et Antoine n'en avait aucun désir. Il ne songea pas cependant au suicide. Il était né pour aller au bout de l'effort, au terme de sa lancée, même quand il s'agissait de l'existence. Mais l'existence était devenue comme une coquille vide et en même temps d'un poids terrible.

Ce sentiment ne devait rien au remords. Antoine savait qu'en tuant Ann, il avait été juste. Il ne regrettait même pas cette femme. On n'a pas de regret pour un scorpion.

Seulement les jours et les nuits n'avaient plus d'horizon, ni de sens. Antoine avait souvent vécu en solitaire. Mais autrefois, c'était un comportement, un penchant spontanés. Maintenant, au creux de la solitude naturelle, une seconde solitude s'était formée, étroite, étouffante. Antoine se sentait d'une espèce, d'une substance qui n'étaient plus celles des autres hommes.

Il fallait vivre, c'est-à-dire gagner son toit, son pain, sa viande, sa boisson...

Depuis l'enfance, Antoine avait eu du goût pour les ports. Il alla reconstruire celui d'Anvers et y resta près d'un an. Puis il s'embaucha comme conducteur de camion au Havre. Mais en France, il se trouvait mal à l'aise. Il connaissait peu le pays, et, cependant, n'y était pas étranger.

Alors, Antoine pensa à gagner l'Amérique du Sud. La chaleur y étourdissait comme un alcool très dur.

La première étape d'Antoine fut Lisbonne. Il s'y arrêta pour faire quelque argent. Dans les commencements, ce fut long et difficile. Beaucoup plus qu'il ne l'avait cru. Mais il prit les choses avec patience. Le temps ne comptait pas pour lui et la ville avait un bruit, une couleur, un mouvement qui lui convenaient.

A condition qu'il fût seul.

LE *S.S. Lydia,* paquebot anglais qui faisait le service entre Southampton, Rio de Janeiro et Buenos Aires, avait mouillé pour quelques heures dans le Tage. Le soleil couchant accusait les couleurs et les ombres sur les deux rives, sur l'eau du large fleuve, sur la ville au relief inégal à cause des collines qui la portaient.

Tous les passagers du *Lydia* descendaient à terre. La plupart, seulement en escale, devaient quitter Lisbonne au petit jour. Ils étaient aussi les plus pressés.

Une foule de porteurs, débardeurs, marchands de souvenirs, guides et chauffeurs de taxi les appelaient à grands cris, grands sourires, grands gestes. Parmi ces hommes de petite taille, au corps et au visage d'une mobilité extrême, très bruns, pleins d'agitation et de gentillesse, Antoine, haut, large d'épaules, le menton pesant et le regard immobile, fumait en silence, appuyé au capot de son taxi.

Il n'allait jamais à la chasse au client. Il n'aimait pas assez le gain et il avait un sens profond de la dignité. Il n'en trouvait pas moins du travail, surtout auprès des étrangers. Son calme les attirait et aussi la banderole qu'il avait collée à son pare-brise sur laquelle on pouvait lire : *English spoken.*

Quand le premier flot des passagers sans bagages eut gagné les quais et la ville, ceux qui n'allaient pas plus loin que Lisbonne commencèrent à débarquer.

Un officier du bord s'approcha d'Antoine et lui demanda :

— Vous savez vraiment l'anglais, amigo ?

— Je ne suis pas un amigo, et quand je promets, je tiens, dit Antoine.

L'officier était très jeune. Il rougit un peu et se crut obligé d'expliquer :

— C'est pour une passagère qui n'a jamais quitté notre pays... Vous voyez.

— Je vois très bien, dit Antoine.

Il prit à deux porteurs une malle qu'il chargea d'un coup de rein vif et puissant sur le toit de son taxi. Au flanc de la malle, était peint le nom de Kathleen Dinver.

Un autre porteur arriva avec deux valises et une jeune femme le suivit. Ses cheveux étaient d'un châtain chaud, cuivré, et sa figure d'une blancheur douce et mate. Elle avait l'air timide, presque gauche. Elle semblait impatiente de quitter l'officier du *Lydia* qui l'accablait de soins.

— Un bon hôtel dans le centre, s'il vous plaît, dit la jeune femme à Antoine.

Il l'amena vers l'Avenida.

En passant par la place du Commerce, Antoine conduisit très lentement. Les étrangers aimaient toujours l'ovale admirable de la place, ses façades et les marches impériales qui, d'un mouvement insensible, descendaient jusqu'au Tage et unissaient ainsi Lisbonne au fleuve, et par lui, à l'océan sur lequel les anciens navigateurs portugais avaient lancé leurs caravelles.

Antoine jeta un regard par-dessus son épaule. La jeune femme avait les yeux fermés. Il prit la rue de l'Or, la rue du Change et s'engagea place du Roscio. Elle était célèbre par son mouvement et ses cafés. Antoine ralentit de nouveau et, de nouveau, regarda par-dessus son épaule. La jeune femme avait les yeux fixés sur la carpette du taxi.

Quelques instants plus tard, elle descendit devant l'Avenida et dit avec timidité :

— Je n'ai pas encore de monnaie portugaise... Je n'ai pas pensé...

Elle donna maladroitement un billet d'une livre sterling à Antoine.

— C'est beaucoup trop, dit celui-ci.

La jeune femme sembla ne pas entendre. Le portier faisait décharger les bagages. Elle entra précipitamment sous le porche de l'hôtel.

ANTOINE mit le billet dans sa poche et pensa : « Une vraie folle... Mais, comme ça, je n'ai plus besoin de travailler ce soir. » Il gara son taxi et alla à la terrasse d'un café sur le Roscio.

La chaleur tombait, mais, recueillie tout au long du jour par le pavé et le trottoir, elle s'en dégageait à cette heure et on la sentait monter jusqu'aux genoux.

Antoine but très lentement une absinthe. La presse était telle dans le café que les épaules des gens se touchaient. C'est dans ces conditions qu'Antoine percevait le mieux sa solitude. En arrivant à Lisbonne, il avait hanté les ruelles désertes de la haute ville et les grands espaces vides du port. Il lui arrivait encore d'y errer aux instants les plus chauds ou les plus sombres. Mais il ne se trouvait jamais autant coupé de l'humanité que dans cette foule aimable par nature, énervée par le climat et qui parlait une langue molle et douce, toute en diminutifs. Et il aimait les cafés parce que les femmes ne s'y montraient pas. C'est l'usage au Portugal.

Antoine buvait son absinthe très lentement. Il ne craignait pas l'alcool, mais il ne voulait pas de son aide. Et, tandis que les hommes autour de lui riaient et criaient et se retrouvaient avec des embrassades et des claques dans le dos, il sentait peu à peu se former en lui ce bloc de fonte, ce terrible poids qui l'entraînait au fond d'un monde souterrain. Les plus épaisses murailles, les caveaux les plus obscurs ne l'eussent pas mieux enseveli.

Antoine songeait : « Ils ont une vie. Ils peuvent en parler l'un à l'autre et se comprendre... Si j'avais encore un ami... »

Il se rappelait un soutier norvégien, un camelot juif de la 3e avenue, à New York, un cuisinier napolitain à Frisco. C'était avant... Est-ce qu'on pouvait expliquer à quelqu'un au monde ce qu'il en coûte de tuer son amour ?

Et alors, à quoi bon...

Antoine demanda une deuxième absinthe, parce que rester devant un verre vide dans un café lui semblait un manque de dignité. Le serveur essaya de lier conversation avec lui. Quelques habitués également. Antoine ne répondit pas.

« J'ai fait trop de métiers ici, je connais trop de monde... il faut partir », pensait-il.

Son passage, il pourrait le payer bientôt. Un cargo... les tropiques... un pays inconnu... la liberté...

Il regarda le verre d'absinthe auquel il n'avait pas touché et un léger rictus remua ses lèvres minces et dures. Est-ce qu'on pouvait échapper à soi-même ?

A cette heure, devant la station du funiculaire qui menait à la ville haute, les petits vendeurs de journaux recevaient de l'imprimerie les dernières éditions du soir. Pieds nus, en haillons, sales, surexcités, noirauds et les dents étincelantes, ils se ressemblaient autant que se ressemblent des frelons tourbillonnant dans un essaim.

L'un d'eux, cependant, tranchait sur le reste. Il était — quoique du même âge — plus grand, plus fort que ses camarades et il avait les cheveux soyeux et les yeux bleus. Son nom était José, mais les enfants, sans malice, l'appelaient « le Yankee », parce que sa mère l'avait eu d'un employé américain de la Fruit Line.

Comme les autres, il tendait frénétiquement les mains vers l'homme qui distribuait les feuilles humides, criait à en perdre la voix, suppliait du geste, du visage, du regard. On eût dit que toute la vie de ces garçons dépendait de quelques secondes. Quand l'un d'eux obtenait sa liasse de journaux, il se lançait dans la rue en hurlant le titre avec une clameur triomphale. José le Yankee fut servi parmi les premiers — il était le plus fort — et disparut dans la direction du Roscio. Derrière lui, traînait une sorte de cri de guerre.

Quand il arriva devant la terrasse du café, où Antoine continuait de contempler son verre d'absinthe, José le Yankee n'avait plus que deux journaux à vendre. Il s'approcha d'Antoine et lui dit dans un anglais singulier, mais que l'on pouvait comprendre aisément :

— Ces feuilles sont pour toi. Ça te fait du bien de lire notre langue. Paie.

— Pourquoi deux ? demanda Antoine.

— Il est toujours bon de pouvoir faire un cadeau, dit José.

Antoine sourit et son visage fut sans défense.

— Tu prends une glace ? demanda-t-il.

— Chocolat, vanille, fraise et pistache, dit José.

Il mangea debout. Antoine le regardait faire et souriait naïvement. Il lui arrivait souvent, quand il était avec José, de ne penser à rien. C'est pourquoi il se plaisait tant en sa compagnie, sans le savoir.

— Alors, bonne journée ? demanda José en bégayant un peu à cause du froid qui lui saisissait le palais et les dents.

— Oui, dit Antoine... Une étrangère, une cinglée...

— Ça pourrait être une cliente pour moi ; je lui montrerai le marché aux poissons, le marché aux fleurs, la vieille ville et tout, dit José.

— Je ne pense pas, dit Antoine. C'est une femme pour le Casino d'Estoril.

José avait achevé sa glace. Il regarda de biais le verre d'Antoine plein d'absinthe, et puis Antoine lui-même.

— Jamais avec moi, dit Antoine. On rentre dîner.

Antoine et José le Yankee s'étaient connus sur le Roscio quelques semaines auparavant et Antoine avait pris pension chez Maria, la mère de José, qui vendait des légumes.

MARIA possédait une maison sur une des collines de Lisbonne, dans un quartier assez pauvre, mais parmi les plus anciens et les plus beaux. Cette maison avait été acquise pour elle par l'Américain de la Fruit Line, quand il avait accepté un emploi supérieur à Melbourne. Cela remontait à la fin de la guerre. José, alors, avait onze ans. Maria, maintenant, en avait tout juste trente.

Elle était petite et très grosse. Quand le père de José l'avait quittée, elle s'était mise, pour se consoler, à manger beaucoup de sucreries. Le chagrin dura moins que le penchant pour les douceurs, qui, lui, était pris pour la vie.

Maria aimait son embonpoint. Cela était bien porté chez les femmes de sa condition et de son peuple. Et aussi, quand elle riait — et elle riait très facilement — Maria sentait s'agiter tous les plis de son corps et le plaisir s'en trouvait multiplié sans mesure.

Il en fut ainsi lorsque Maria vit de sa cuisine Antoine et José s'approcher de la maison par la ruelle escarpée et bordée de vieux murs. Leur amitié étonnait toujours Maria et l'enchantait.

« Un homme qui a tant vu de monde et qui se plaît tant avec mon fils », se dit Maria, cependant qu'elle riait, en silence, tout entière, depuis son double menton jusqu'à ses cuisses épaisses.

Il y avait pour dîner des poissons du Tage, des piments farcis et un énorme gâteau au miel et aux amandes. Antoine était seul à boire un vin fort, un peu sucré.

On mangea sans parler beaucoup. Tout le monde avait faim. Mais quand le café fut mis sur la table, Maria et José n'arrêtèrent plus. Ils ne se voyaient que le soir.

Antoine fumait et, sans avoir l'air, suivait leurs propos avec attention. Il comprenait de nombreux mots et, de temps à autre, une phrase complète. Ce que pouvaient dire Maria et son fils ne l'intéressait pas, mais il aimait connaître les langues des pays où il passait.

Quand Maria s'adressa à Antoine, elle le fit moitié en portugais et moitié dans l'anglais qu'elle avait retenu de ses rapports avec l'employé de la Fruit Line. Pour les choses trop difficiles à expliquer, elle demandait le secours de José.

— Il paraît que tu as eu une bonne journée, Tonio, dit Maria.

— J'ai reçu une livre pour aller du port à l'Avenida, dit Antoine.

— Une livre ! tant d'escudos ! Bonté de la Vierge ! s'écria Maria.

Elle joignit ses mains grasses.

— Une cinglée, pour sûr, dit Antoine.

— Pourquoi cinglée ?

Maria se mit à rire et ses yeux devinrent tout petits et lumineux et la bonté faisait une manière d'auréole sur son visage empâté.

— Pourquoi cinglée ? reprit Maria. Elle te voulait du bien, et c'est tout. Avec ta figure triste, c'est naturel...

Antoine ne répondit pas.

— Une étrangère ? demanda Maria. Une Anglaise ?

— Sans doute, dit Antoine.

Il se rappela Londres et serra les dents.

— Alors, peut-être, elle avait fait un vœu pour que la terre nouvelle lui soit bonne, dit Maria.

Elle joignit de nouveau les mains, mais plus fort cette fois, et des bourrelets nombreux, comme autant de bracelets, cernèrent ses poignets.

— Bonté de la Vierge, s'écria-t-elle, s'il me fallait aller si loin, j'en périrais de peur et de solitude.

— Pas moi, dit José, pas moi, et dès que je pourrai...

— Bien sûr, toi... Tu es né dans le voyage, le fils d'un père comme le tien, dit Maria.

Elle dodelina de la tête avec fierté et tendresse. Antoine lui demanda soudain :

— Dis-moi, tu n'as jamais eu envie de faire mal à ton homme quand il t'a laissée, toi et l'enfant ? Mal à le faire mourir, à le tuer ?

— Bonté de la Vierge ! Où prends-tu des idées pareilles, Tonio ? Cet homme n'a pas eu de torts envers moi ! On n'était pas des mariés. Il m'a donné la maison et le Yankee.

Maria se mit à rire et toute sa chair grasse remua autour d'elle. Elle avait une expression d'une immense douceur.

— Il m'a rendue souvent heureuse. Est-ce qu'on ose demander plus au ciel ? demanda Maria.

Elle ramassa les miettes du gâteau et porta la poignée à sa bouche. Puis elle but un grand verre d'eau. Elle dit encore :

— Mais il aurait été le pire des hommes que, même alors, Tonio, vouloir la mort à quelqu'un que tu as aimé, comment peut-on ? C'est l'enfer déjà sur cette terre.

Maria frissonna et se signa rapidement.

— Et moi, je pense, oui, je pense, qu'aux ordures vivantes, il faut une mort d'ordure, dit Antoine sans regarder personne.

Il sentit soudain des petits griffes s'enfoncer

dans son poignet. La voix de José, fêlée, sifflante, murmura :

— C'est de mon père que tu veux parler ?

Antoine releva la tête et vit que l'enfant tenait dans sa main libre un long couteau de pêcheur, ramassé sur la table.

Par un mouvement tout instinctif, Antoine tordit le poignet, arracha le couteau, gronda :

— Ne joue pas à ça, imbécile.

Après quoi, il considéra la figure haineuse, ravagée, de José.

« Il a le sentiment de l'honneur, c'est un bon gars », pensa Antoine.

Il dit :

— Pas question de ton père, imbécile. Je me rappelais des gens que j'ai connus en voyage.

José avait les traits d'une mobilité extrême. Sur son visage, l'ardeur de la curiosité remplaça la colère et la souffrance.

— Qui ça ? Où ça ? demanda-t-il. A New York ? Aux Antilles ? Sur un bateau ? Raconte.

Antoine se sentait coupable. Il raconta quelques histoires. José les avait souvent entendues, mais il les écoutait comme si elles étaient toutes neuves.

— Tu connaîtras bientôt ma vie mieux que moi, Yankee, dit enfin Antoine.

Il caressa la nuque de l'enfant. Celui-ci réfléchissait, ajustait pièce à pièce l'existence d'Antoine.

— Une chose, tout de même, que je ne sais pas, dit pensivement José, c'est ce que tu as fait juste après la guerre.

Antoine ne répondit rien. Toute sa volonté était employée à ne pas refermer des doigts longs et durs autour du cou fragile. Il le lâcha brusquement et se leva.

— On sort ensemble ? demanda José. Tu veux bien ?

— Je veux que tout le monde me foute la paix, dit Antoine.

Maria desservit la table en chantonnant. Pourquoi essayer de comprendre les hommes ?

ENTRE tous les cafés où, dès le soir venu, on pouvait entendre le gémissement déchirant des fados, Antoine préférait un sous-sol situé aux alentours du port marchand. La fumée y était épaisse, l'alcool de bagassera sans mélange, les guitares sans défaut. Et il y avait un chanteur tuberculeux qui semblait pleurer à l'avance, en chantant, sa propre mort.

Antoine le fit travailler impitoyablement. Puis il lui donna le billet de la Banque d'Angleterre qu'il avait reçu dans l'après-midi.

DÈS qu'elle fut dans sa chambre, Kathleen Dinver se coucha et s'endormit.

La traversée avait été pénible pour elle : mauvaise mer, promiscuité forcée et cette sollicitude discrète mais d'autant plus gênante autour de sa personne.

Quand elle se réveilla, elle ne sut pas d'abord où elle se trouvait. Mais au lieu de l'effrayer, le dépaysement lui fit éprouver le premier sentiment d'aise qu'elle eût connu depuis bien des semaines.

Ne plus avoir à surveiller les mouvements de son visage, les inflexions de sa voix... Echapper à la curiosité, à l'apitoiement... N'appartenir qu'à soi et à ses pensées, quelles qu'elles fussent... Et dissiper celles-là parmi des murs, des monuments, des paysages, et des gens inconnus.

Tandis qu'elle prenait un bain, Kathleen se mit à penser qu'elle dépouillait tout ce qui avait existé avant cet instant. Elle sortit de l'eau comme si elle y avait vraiment laissé une glu.

Elle s'habilla sans aucun souci de l'impression qu'elle pouvait inspirer et presque au hasard. Mais son corps était si justement établi et vivait d'une manière si simple que tout vêtement sur lui avait de la grâce. Le visage eût été de la même nature, si les yeux verts n'avaient eu un brillant trop intense et comme fiévreux. Cela ne faisait qu'augmenter leur pouvoir.

— Il n'est pas trop tard pour dîner ? demanda Kathleen à la femme de chambre avec timidité.

Elle ne savait rien du Portugal, ni d'aucune autre contrée, sauf celle d'où elle venait.

— A dix heures, Madame ! Mais ici on commence seulement, dit la femme de chambre.

La réponse parut merveilleuse à Kathleen. Elle entrait dans un ordre tout nouveau, sans entraves.

La salle à manger était conçue dans le goût pompeux du début de ce siècle : colonnes, pilastres, ornements contournés au plafond, plantes vertes et lustres pesants. Un orchestre jouait au fond d'une immense corbeille de stuc.

Kathleen se fit donner une table à l'abri d'un pilier. Elle était embarrassée par un sentiment de gêne assez puéril et dont elle trouvait le charme comparable à celui qu'elle avait connu lorsqu'elle était jeune fille et commençait à sortir. Une gêne qui tirait sa source de l'étonnement et d'une vive fraîcheur intérieure.

— Donnez-moi seulement des plats du pays, dit Kathleen au maître d'hôtel. Choisissez vous-même. Moi, je ne sais pas. Non, je vous en prie, ne m'expliquez rien.

Kathleen sentit, avec incrédulité, qu'elle souriait en parlant ainsi. Elle souriait encore quand elle mangea les mets qui lui étaient servis. Leur saveur ne lui importait guère. L'intérêt était ailleurs, dans ce goût de résurrection, cet abandon...

Soudain, elle éprouva un sentiment de panique. Une femme brune, grande et très élégante venait à elle.

— Kathleen, ma chérie, quelle honte, seule, toute seule dans ce pauvre petit coin ! s'écria cette femme. J'ai vu par hasard votre nom au registre et vous cherche partout. Mais quelle idée aussi de ne pas venir d'abord prendre un cocktail au bar, comme tout le monde.

— Je ne... je ne savais pas, Maisie, dit Kathleen en faisant tout ce qu'elle pouvait pour empêcher sa voix de trembler.

— Allons donc, chérie, depuis toujours Peter et moi nous passons ici la moitié de l'année ! Et même pas un petit télégramme pour vous annoncer... Mais je ne vous en veux pas. Pas une minute. Un tel malheur... Il y a de quoi perdre la tête.

— Vous savez donc ? murmura Kathleen.

— Voyons, chérie, les journaux de Londres sont ici le soir même.

Les lèvres de Maisie Dixon étaient plissées par une curiosité contenue, mais vorace et féroce.

— Et cette affreuse enquête, ma pauvre chérie, quelle honte, s'écria-t-elle. Comment a-t-on pu vous infliger cela ! Un accident mortel qui arrive à votre mari, n'est-ce pas assez pour qu'on vous laisse en paix ! Avec les socialistes, l'Angleterre n'est plus vivable. Quelle bonne idée vous avez eue de venir !

Maisie Dixon reprit haleine une seconde, et, sans laisser le temps à Kathleen de parler, elle poursuivit :

— Nous avons à Lisbonne une société charmante. Peter est dans ses vignobles d'Oporto, mais Archie, le champion de polo, est ici et la vieille Winie, vous savez, si méchante mais si drôle. Et puis des Portugais en masse qui ne savent que faire pour vous. On va vous entourer, ma chérie, vous distraire. Cet accident, c'est tellement horrible, et ces brutes du Yard qui vous ont tourmentée ! Mais personne, personne n'a cru un instant... Quelle absurdité ! Quelle impertinence ! Il faut oublier tout cela. Venez vite à notre table. Vous me raconterez l'horreur un autre jour. Venez, chérie.

Kathleen eut beaucoup de mal à faire bouger ses lèvres.

— Merci, Maisie, dit-elle. Mais je suis vraiment trop fatiguée.

— Je comprends, chérie, je comprends tout, s'écria Maisie Dixon. Le voyage et tous les mauvais souvenirs. Je vous téléphone demain et alors pas d'excuses.

L'orchestre jouait, mais Kathleen ne l'entendait plus. Il lui semblait qu'elle recommençait à tourner en rond dans une cage.

Un homme au visage très fin et hardi vint la saluer.

— Mon nom est Miguel de Silveira, pour vous servir, Madame, dit-il, je suis ce soir l'hôte de Mrs Dixon. Elle m'a prévenu que vous n'étiez pas disposée à honorer notre compagnie, mais je me permets d'insister.

Les yeux de Kathleen étaient très creux et remplis d'angoisse.

— Je ne peux pas... Je ne suis pas en état... je vous assure, dit-elle d'une voix étouffée.

Avant de la quitter, Silveira lui baisa la main avec un respect très appuyé et Kathleen sentit que, lui aussi, savait.

« Tout le monde est au courant ou le sera, se dit Kathleen. Par Maisie, par les autres. »

Tout recommençait. Il semblait à Kathleen que les serveurs eux-mêmes la regardaient d'une façon singulière et chuchotaient son histoire. Elle se leva, traversa la salle à manger du mieux qu'elle put, gagna sa chambre. Là seulement, et ayant poussé le verrou, elle respira.

Comme elle commençait à se dévêtir, on frappa à la porte. Elle demanda, sans ouvrir, ce qu'on lui voulait. C'était la femme de service à l'étage. Elle apportait des fleurs.

— Le senhor de Silveira, dit-elle.

— Non... Je ne veux pas... Je ne veux rien, cria Kathleen.

La femme de chambre recula, effrayée. Alors Kathleen s'obligea à lui expliquer que les fleurs, la nuit, lui donnaient mal à la tête.

Elle ne put dormir et, le lendemain de très bonne heure, partit pour Estoril.

Sur la plage, elle trouva un Anglais qu'elle connaissait. Au cours de l'après-midi, elle croisa Maisie Dixon dans les jardins du Casino. Le soir, tandis qu'elle essayait de s'étourdir en jouant à la roulette, Miguel de Silveira se montra à la même table.

Chacun présentait ses amis à Kathleen. Elle semblait porter une peine secrète et tous les hommes espéraient la consoler. Ce n'étaient que paroles à double entente, regards de compassion et trop délicates prévenances. Et, par-dessous, au guet, le même désir, tenace.

— Où me cacher? Où fuir? se demandait Kathleen.

Elle prenait soudain et avec épouvante mesure de son impuissance. Elle trouvait partout des gens de sa société. C'était inévitable. Elle ne connaissait au monde, pour lieux d'évasion, que des noms de villes dont ces gens lui avaient toujours parlé.

Elle passa deux jours à se débattre ainsi. Le troisième jour, elle fut convoquée au siège central de la police pour étrangers à Lisbonne.

LE chef-adjoint de la police des étrangers continuait de s'excuser. Toute la faute était à lui. Comment ses services avaient-ils pu, par négligence, importuner une personne aussi honorable et aussi charmante ? On aurait dû mieux étudier les fiches d'hôtel et voir que Mrs Dinver n'avait passé qu'une nuit à l'Avenida. Elle était parfaitement fondée à faire présenter son passeport à Estoril et non pas à Lisbonne. Et Mrs Dinver visitait le Portugal pour la première fois. Quel malheureux accueil ! Quelle disgrâce !

Kathleen respira mieux et son corps se détendit. Il s'agissait bien véritablement d'une erreur. Pourquoi s'abîmer tout de suite dans l'angoisse ?

Kathleen était pleine de ressentiment contre elle-même tandis qu'elle sortait du bureau.

Au moment où elle en refermait la porte, une autre porte s'ouvrit dans le couloir et Kathleen sentit sur ses lèvres le froid odieux de la peur. L'homme qui, de l'embrasure, la considérait en souriant, n'avait pourtant rien dans son aspect qui pût effrayer. La taille modeste, la corpulence ronde, le front un peu chauve, la figure rose, les moustaches coupées ras qui commençaient à grisonner et les yeux noisette, tout en lui était débonnaire et d'expression agréable. Mais Kathleen avait reconnu l'inspecteur Robert Lewis, de Scotland Yard, qui avait mené l'enquête sur la mort de son mari.

L'inspecteur s'avança vers Kathleen à petits pas rapides et en sautillant un peu. Son abord fut, comme à l'ordinaire, jovial, courtois, et même empressé.

— Je suis heureux de pouvoir vous présenter mes devoirs dès mon arrivée, s'écria-t-il. Je descends d'avion pour ainsi dire.

— Et vous êtes ici pour longtemps ? demanda Kathleen.

Elle savait que sa voix n'était pas naturelle, mais n'y pouvait rien.

— Tout un mois, dit l'inspecteur Lewis. Je prends mes vacances, et comme je n'ai pas les moyens de les passer au Portugal, j'ai profité d'une petite investigation qu'on m'a confiée dans le pays. L'utile et l'agréable. Mes respects, chère Madame, tous mes respects.

Lewis pénétra dans le bureau que venait de quitter Kathleen. Elle s'achemina lentement, machinalement, vers la sortie.

« C'est lui qui m'a fait convoquer... Il n'est

venu qu'à mon intention... Mais pourquoi? Pourquoi ? Tout est fini, tout est jugé », pensait Kathleen. Ses genoux la soutenaient à peine.

Arrivée à un croisement de corridors, elle s'arrêta soudain. Un homme en blouson de cuir et un garçon d'une douzaine d'années, qui avait les pieds nus, la heurtèrent presque. Elle ne les connaissait pas, mais tout être humain l'épouvantait. Elle laissa passer l'homme et le garçon.

Dehors, Antoine parla plus pour lui-même que pour José le Yankee.

— J'en ai marre de ce pays où il faut se faire voir chaque mois par la police. Je me suis encroûté. Le prochain cargo du Venezuela sera pour moi.

— Tu m'emmènes ? demanda José.

— Je te dis que je veux me désencroûter, grommela Antoine.

A ce moment, Kathleen sortit du bâtiment et se dirigea vers le taxi qui l'attendait. Antoine la suivit du regard.

— Tu la connais ? demanda José.

— La cinglée à la livre, dit Antoine.

Le taxi commençait à rouler. José le Yankee sauta sur le pare-chocs arrière et se laissa porter.

LE tuberculeux descendit de l'estrade et, en attendant de chanter à nouveau, vint s'asseoir près d'Antoine. Ce dernier avait devant lui un verre plein de bagassera. Le tuberculeux le vida. Antoine en commanda un autre auquel il ne toucha point.

Le tuberculeux montra une feuille couverte de son écriture tremblée.

— Les mots du fado que tu aimes, dit-il.

— Montre-moi comment ça se prononce bien, dit Antoine.

Une énorme et vieille femme, qui avait une voix angélique, chanta à ce moment. Ils l'écoutèrent, puis le tuberculeux donna sa leçon à Antoine. Il toussait souvent. Alors, il disait en hochant la tête :

— Ce caveau... cette fumée...

Et buvait une gorgée de bagassera.

Les guitares jouaient en sourdine des airs du Portugal, monotones, mélancoliques et ténus comme des charmes. Dans le sous-sol, il n'y avait que des hommes vêtus de couleurs sombres, qui parlaient à voix basse. Quand on chantait, le silence était entier.

— Je veux être seul, dit Antoine.

Il était irrité par la respiration haletante du tuberculeux. « Sur les planches, il se retient bien », pensait Antoine. Le tuberculeux alla à une autre table.

Antoine approcha de ses yeux le texte du fado — la lumière était faible — et se mit à répéter intérieurement les intonations qu'il venait d'apprendre. Il y apportait beaucoup d'application. Ses lèvres remuaient sans bruit.

José le Yankee le surprit dans cette tâche. Le Yankee avait une chemise et un pantalon propres, portait des souliers et paraissait surexcité.

— Tonio, Tonio, chuchota-t-il, l'étrangère, tu sais, eh bien, je ne l'ai pas quittée. Au lieu de retourner à Estoril, elle est allée avec moi dans tous les endroits.

— C'est une cinglée, je le sais, grommela Antoine.

— Elle est ici, chuchota José.

— Ici ? fit Antoine.

— Je pensais bien te trouver, chuchota José. Si on est ensemble, personne ne dira rien. Avec toi, tu penses !

Les mâchoires d'Antoine prirent un relief, un mauvais relief. Le Yankee mit ses yeux dans les yeux d'Antoine, tout droit, comme un homme. Il demanda :

— Tu veux m'empêcher de gagner mon pain ?

Antoine n'avait jamais fait cela, même à un ennemi.

— Bueno, gronda-t-il.

José courut dehors et Antoine se prit à songer avec une ardeur sauvage au Venezuela où il n'aurait aucune servitude, pas même une camaraderie avec un enfant.

Il entendit de loin, parce que tous ses sens étaient comme hérissés, en alerte, un pas léger et un frémissement de jupes. Il perçut l'étonnement silencieux et la silencieuse réprobation des hommes qui l'entouraient.

Antoine partagea leur sentiment.

« Elle n'aura pas un mot de moi, se dit-il. José est payé pour la distraire. »

Antoine n'eut pas l'occasion de manifester sa fureur de solitude. Kathleen s'assit avec une légèreté presque immatérielle et ne bougea plus.

Ces fruits, ces fleurs, ces poissons, ces rues aux murs sordides, cette évasion, cette sécurité et maintenant, ces chants...

Antoine avait résolu de ne prêter aucune attention à la jeune femme, mais parce qu'elle semblait pouvoir abolir sa présence, cette présence lui était sensible à l'extrême. Son recueillement l'étonnait et lui inspirait une sourde inquiétude. Quoi qu'il en eût, de temps à autre,

Antoine regardait à la dérobée Kathleen. Elle écoutait comme en transes. Elle avait l'air d'une toute jeune fille, avec son cou dressé tout droit, long, blanc, fin. Parfois, une goutte de lumière verte brillait dans ses yeux qui devenaient alors pareils à des vers luisants.

La grosse vieille femme à voix d'ange remonta sur l'estrade. A l'ordinaire, quand Antoine entendait un tour de chant se répéter, il ne retrouvait pas la sensation primitive. La pointe en était émoussée. Cette fois, elle fut plus vive et pénétrante et elle allait plus loin et d'une atteinte en même temps plus ample et plus aiguë. Antoine eut l'impression qu'on lui donnait un bien nouveau, qu'il contractait une dette.

Sans se rendre un compte exact de ce qu'il faisait, il tourna franchement la tête vers Kathleen. Il la vit immobile et qui pleurait avec un visage heureux.

La grosse vieille femme quitta l'estrade en traînant les franges de son immense châle dans la poussière.

— Elle n'a jamais si bien chanté, dit Antoine à Kathleen et de la façon la plus naturelle.

Kathleen répondit de même.

— Cela ressemble aux merveilleuses lamentations pour les morts en Irlande.

— Vous êtes de là-bas ? demanda Antoine avec un intérêt subit et pressant.

— J'en suis partie très tôt, dit Kathleen.

Un grand mouvement de silence se fit autour d'eux. Antoine ne le remarqua point. Il voulut parler encore.

— Chut ! dit sévèrement José.

Le tuberculeux était sur l'estrade. Il regarda profondément les cheveux et les yeux de Kathleen qui luisaient dans la pénombre et commença à chanter. On entendait, on voyait que, pour chaque fado, il usait une tranche de la faible épaisseur qui séparait encore sa vie de sa mort. C'est pourquoi personne autant que lui ne pouvait accorder son souffle à la plainte exténuée de ces chants.

Après qu'elle se fut épuisée, Kathleen murmura :

— On ne devrait pas... ce malade... Ce malheureux...

— S'il était heureux, il ne saurait pas chanter comme il fait, dit Antoine.

Il se tut un instant et, malgré lui, et comme obligé de l'intérieur, il dit encore :

— Et si nous étions heureux, on ne saurait y prendre ce plaisir.

Kathleen tressaillit légèrement ; elle sortait d'un demi-rêve.

— Tous ceux-là aussi, alors ? demanda-t-elle avec un faible mouvement de la tête vers les hommes sombres, encore engourdis par le chant.

— Eux, c'est leur drogue, dit Antoine. Pour nous, c'est tout différent.

On entendit racler les pieds des chaises contre les dalles.

Les gens se levaient l'un après l'autre.

— C'est la fin, senhora, dit José. Pour aujourd'hui, je n'ai plus rien à vous montrer.

Des visages, des images sans lien passèrent dans l'esprit de Kathleen : Maisie, Silveira, la salle à manger de l'Avenida, la salle de jeu d'Estoril, l'inspecteur Lewis, puis tout se fondit dans une sensation d'angoisse intolérable.

Elle avait connu une telle paix, une telle sécurité en compagnie de cet enfant et de cet homme...

— Je voudrais... si c'était possible... oui... je voudrais changer ma façon de vivre dans ce pays, dit Kathleen. Je voudrais habiter un de ces vieux quartiers, ne rencontrer personne de connaissance... J'en ai tellement assez, assez...

José cligna de l'œil à Antoine et ses lèvres formèrent, sans le prononcer, le mot de « cinglée ».

Mais Antoine le regarda durement et répondit à Kathleen :

— J'en parlerai à Maria.

— Votre femme ? demanda Kathleen.

Une vague gaieté éclaira un instant les traits d'Antoine.

— Non, dit-il, c'est la mère de Yankee.

— Je vous demande pardon, j'aurais dû voir que vous n'êtes pas marié, dit Kathleen.

Elle regardait la main d'Antoine qui ne portait pas d'alliance.

— Je l'ai été, dit Antoine, comme s'il était forcé de le dire.

Il prit instinctivement la main gauche de Kathleen et passa un doigt sur l'annulaire. Il sentait à sa naissance un cercle de chair très faiblement creusée.

— Vous aussi, dit Antoine. Et c'est plus frais que moi...

MARIA avait, pour ainsi dire, sous la main, le refuge qui convenait à Kathleen. C'était dans le voisinage immédiat, le plus haut étage d'une maison antique, où avait longtemps vécu un vieux Brésilien, fort riche, et qui aimait le passé et le petit peuple de Lisbonne. Il était parti quelque temps auparavant, afin de mourir, disait-il, dans son pays natal, et avait confié à Maria, pour laquelle il avait beaucoup d'amitié, le soin de louer son appartement, tant que durerait le bail. Après quoi, elle devait prendre les meubles pour elle, ou les vendre, à sa convenance.

Ainsi, Kathleen put s'installer sans attendre dans une suite de pièces aux nobles proportions ornées d'azulejos séculaires, fournies de sièges, de coffres et de lustres des siècles passés, mais aménagées pour les commodités selon les exigences du temps présent.

De l'appartement, on accédait à un toit en

terrasse d'où s'étendait jusqu'à la campagne et jusqu'au Tage une vue admirable par-dessus les toits bruns et les monuments de Lisbonne. On y avait le sentiment d'être lié à la ville et au ciel.

Kathleen passait, sur cette terrasse, les soirées et une partie de la nuit. Elle sortait quelques heures dans le jour. José le Yankee l'accompagnait dans les échoppes, les marchés minuscules aux alentours de sa maison. Elle n'allait jamais très loin. Il lui semblait que la paix et la sécurité s'arrêtaient aux limites de ce quartier.

Pour les charges du ménage et de la cuisine, Maria avait envoyé chez Kathleen une vieille, active et aimable. Elles ne pouvaient s'entendre que par gestes.

Ces conditions nouvelles d'existence plaisaient infiniment à Kathleen. Elle en fit très vite des habitudes.

Antoine gardait les siennes.

CEPENDANT, un jeu singulier et dont ils étaient mal informés, commençait entre eux.

Ils ne se voyaient pas. Ils redoutaient, l'un comme l'autre, toute atteinte à leur isolement, ne haïssaient rien davantage que l'idée d'admettre quelqu'un dans leur vie intérieure. Mais cette défense n'était pas aussi entière ni efficace qu'ils le croyaient.

Ils ne pouvaient pas toujours commander à leurs pensées et d'autant plus que leurs existences étaient sans emploi. Ils avaient connu dans la cave aux fados une entente profonde et partagé un étonnement secret de tourment et de plaisir. Ils s'en souvenaient souvent. Quelques rues, quelques maisons les séparaient seulement. Ils étaient préoccupés l'un par l'autre.

Antoine ne quittait plus la maison de Maria aussitôt les repas achevés. Il y demeurait tout le temps qu'elle parlait de Kathleen. Or, c'était pour la grosse femme un sujet tout neuf, inépuisable.

— Elle est comme un bel enfant perdu dans la vie, disait Maria. Elle ne sait rien des choses ni des gens. Et si jeune, si douce, si blanche... Des personnes comme elle, il leur faut un bon homme, pour toujours. Maintenant que le sien est mort, bonté de la Vierge, la pauvre âme...

Et d'autres fois :

— Elle a peur, je te le dis, Tonio. Un oiseau qui se lève, une feuille qui tombe, une ombre qui bouge, et la voilà avec ses grands yeux verts tout glacés.

Antoine fumait sans rien dire et comme s'il dédaignait ce bavardage.

Mais il ne s'en allait pas.

De son côté, Kathleen apprenait, par les soins de José le Yankee, les métiers et les voyages qu'avait faits Antoine, et sa force, sa bravoure et sa guerre, que José racontait comme les exploits d'un demi-dieu. Alors, la jeune femme qui écoutait les autres propos du garçon avec le plaisir le plus ouvert, prenait une figure figée et comme indifférente. Pourtant, si, par hasard, José partait sans avoir prononcé le nom de son héros, Kathleen éprouvait un sentiment de vide et d'absence.

José ayant dit à Antoine qu'il racontait ses aventures, Antoine montra de la colère. Mais le soir suivant, il retrouva sur sa vie des histoires nouvelles pour José.

Kathleen se mit à envoyer à Maria des gâteaux et des chocolats par le truchement du Yankee. Elle s'informait ensuite, d'une voix rapide et neutre, s'ils avaient été du goût d'Antoine.

Ni l'un ni l'autre ne soupçonnaient rien de ce jeu souterrain.

Mais quand elle était seule, Maria, en pensant à eux, riait de tous ses plis et de tous ses bourrelets, avec intelligence et bonté.

Un soir, en mangeant des sucreries qu'elle devait à Kathleen, et dont le goût lui faisait venir des larmes de félicité, Maria dit à Antoine :

— Elle n'a pas beaucoup de distractions, la pauvre âme, elle ne sort jamais le soir. Notre quartier, ce n'est pas un endroit pour elle, et les endroits où elle aurait plaisir à aller ne sont pas pour nous.

Antoine avait déjà versé à une compagnie de navigation le prix de son voyage jusqu'au Venezuela, pour le mois suivant. Il eut soudain un sentiment d'incrédulité, puis de honte. Il regrettait cet argent.

Le lendemain, Antoine se rendit au casino d'Estoril avec quelques escudos et — ce qu'il n'avait jamais fait — joua avec prudence. Il s'arrêta aussitôt qu'il eut gagné la somme qu'il estimait nécessaire.

KATHLEEN accepta l'invitation d'Antoine avec une simplicité qui parut admirable à celui-ci, après l'effort et l'embarras que lui avait coûtés sa démarche. La jeune femme demanda seulement de ne pas dîner dans un restaurant connu de Lisbonne ou d'Estoril.

Pour un instant, les mâchoires d'Antoine se dessinèrent en relief. « Elle a honte de se montrer avec moi », se dit-il. Mais les yeux verts de Kathleen étaient pleins d'un plaisir à la fois franc et timide, et Antoine fut gêné d'avoir pu lui prêter un sentiment si bas.

Cette femme, tout simplement, détestait la parade, la cohue. Elle ne voulait pour compagnie que celle qui lui plaisait ? Elle était comme lui.

Alors Antoine fut bouleversé de ressentir une confuse et forte espérance. Il se croyait mort à des émotions de cette nature.

— J'ai l'endroit qu'il vous faut, s'écria-t-il. J'y

ai conduit des clients dans mon taxi. Mais nous, nous irons autrement... Bien mieux... Vous verrez...

Antoine avait songé à une auberge, située près du phare de l'Ouest, sur la falaise qui, au débouché du Tage, formait le seuil de la terre et la porte de l'océan. On pouvait s'y rendre par la route côtière ou à bord de petits bateaux qui assuraient un service régulier jusqu'au phare.

Kathleen fut émerveillée d'embarquer au bas des marches de la place du Commerce qui descendaient jusqu'à l'eau dans un mouvement indolent et fastueux.

— C'est tout à fait Venise, s'écria-t-elle. Je n'y ai jamais été, mais j'en suis sûre.

Antoine se mit à rire, maladroitement, parce qu'il en avait perdu l'habitude.

— Alors, comment vous arrangez-vous pour savoir ? demanda-t-il.

— Les livres, les peintures, dit Kathleen. Quand on est forcé de rester au même endroit, cela donne du champ à l'imagination.

Elle se mit à expliquer comment elle transposait ses lectures en paysages et comment on pouvait voyager sur des albums, des atlas. Les mots nécessaires lui venaient avec simplicité, aisance et bonheur. Antoine les comprenait tous. Ils touchaient juste son intelligence sans culture, mais savante en expérience et en horizons. Il lui sembla qu'il devenait plus riche d'un seul coup et d'un trésor sans prix. Il eut de nouveau l'impression de contracter une dette. Il regardait Kathleen avec une manière de respect ébloui.

Elle sentait ces mouvements chez Antoine et s'étonnait de la joie qu'ils lui apportaient.

Les matelots commencèrent à larguer les amarres.

— On part, on part ! s'écria Kathleen.

Sa voix avait l'accent le plus enfantin.

« Et c'est aussi une môme », pensa Antoine.

Et il eut, pour la première fois, envie de la serrer contre lui.

Soudain, il vit le visage si vivant de Kathleen devenir une sorte de réplique en cire et cette expression glacée dont Maria avait souvent parlé, dépolir son regard.

Antoine en suivit la direction et découvrit, sur le quai, un petit homme corpulent, aux joues roses qui, en souriant, faisait signe que le bateau ne partît pas sans lui. Antoine reporta les yeux sur Kathleen. Elle avait déjà détourné la tête.

L'inspecteur Lewis monta à bord et le bateau déhala.

« Ce ne peut être à cause de lui, tout de même », se dit Antoine.

Il fut confirmé dans ce sentiment lorsque le petit homme, ayant salué Kathleen, celle-ci inclina la tête avec négligence.

Les rives du Tage venaient vers les voyageurs ;

d'un côté, Lisbonne, ses églises, ses cloîtres et ses faubourgs ; de l'autre, ses collines boisées, d'aspect un peu sauvage et, à leur pied, dans les criques, des hameaux de pêcheurs. Le fleuve était large comme un bras de mer. Sur tout cela, couraient les flammes et les teintes magnifiques du crépuscule.

Kathleen semblait insensible et comme fermée à tant de beauté.

— Cela ne vous plaît point ? dit Antoine tristement.

— Oh ! non. C'est superbe, mais je ne me sens pas très bien. Je suis très mauvais marin, vous savez, murmura Kathleen.

Elle essaya de sourire et n'y réussit pas.

« Elle ne dit pas la vérité », pensa Antoine, et aussitôt après : « Ça la gêne d'être vue avec moi par quelqu'un de son milieu. »

Il regarda autour de lui, mais le petit homme avait disparu. Le silence lui parut lourd à lui, qui était de nature tellement silencieuse. Et le trajet très long.

Les gens qui descendaient au phare étaient peu nombreux et, malgré la tombée de la nuit, Kathleen fut certaine que l'inspecteur Lewis ne se trouvait point parmi eux. Il avait dû débarquer à l'une des escales qui jalonnaient le parcours du bateau.

La conscience du monde extérieur revint à Kathleen. Elle vit les galets de la plage qui luisaient vaguement, la sombre masse de la falaise et, au-dessus de sa tête, le feu tournant du phare comme un astre mobile. Elle sentit la brise du large.

— Merci de m'avoir amenée, dit Kathleen doucement.

Pour quitter le bord, sur le ponton glissant, elle prit le bras d'Antoine.

Il fut comme exorcisé.

Ils dînèrent de *perchebes,* qui étaient une sorte d'insectes marins collés aux rochers et qui ressemblaient à des parcelles infimes d'une peau d'éléphant ; de langoustes grillées ; de fruits. Ils burent du vin blanc qui venait des montagnes du nord. Tout étonnait et enchantait Kathleen.

Après le repas, ils allèrent s'accouder contre la balustrade du balcon qui donnait sur l'Atlantique. On ne voyait pas le flot, mais on entendait son mouvement.

— Ici est la fin de l'Europe, dit Kathleen à mi-voix, le carrefour des océans. Ce balcon est celui du vieux monde.

— Voilà... voilà... murmura Antoine.

Il s'était souvent demandé pourquoi il restait si longtemps à Lisbonne, et sans déplaisir. Maintenant, il savait pourquoi.

— Voilà... voilà... dit encore Antoine.

Puis, ils contemplèrent l'obscur horizon tout proche en silence. Mais cette fois, le silence ressemblait à celui, vivant et complice, qu'ils avaient connu dans la cave aux fados.

En bas, la sirène de leur bateau gémit.

Kathleen s'agrippa un instant à la balustrade ; son instinct le plus profond se rebellait contre cet appel sinistre. Peut-être... sans doute... sûrement, l'inspecteur Lewis était resté caché à bord.

Elle descendit en tremblant l'escalier qui menait au ponton de l'embarcadère.

Le bateau était mal éclairé. Une brume était venue. Les ombres des hommes et des objets se confondaient.

Le bateau remontait le Tage avec de longs hurlements dans le brouillard qui s'épaississait. Chaque coup de sirène faisait frissonner Kathleen.

« Elle a peur de nouveau », pensa Antoine. Il proposa de gagner le grand salon vitré au milieu du pont.

— Non, non, dit Kathleen.

Elle se sentait retenue dans cette brume et ces ombres par son effroi même.

— N'ayez pas peur, je suis là, dit Antoine.

Il avait parlé avec une douceur sans fond et, avec la même douceur, posa sa main sur une épaule de la jeune femme.

Alors, elle sentit que sa seule chance de vivre était cet homme et que la chaleur, la force, la simplicité primitives de cet homme étaient pour elle les seules défenses, les seuls remparts contre la nuit, la brume, la solitude et les fantômes.

Les mouvements de son corps échappèrent au contrôle de Kathleen. Elle se trouva pressée contre Antoine avec toute la violence qu'avaient en même temps sa terreur et son espérance.

Jamais Antoine n'avait éprouvé ce mélange de pitié, d'amitié, d'ardeur à protéger, ce besoin de sacrifice. Le désir le plus intense et l'exaltation la plus pure se confondaient en un sentiment d'une beauté, d'une félicité sans égales.

« Je l'aime, pensa Antoine, et c'est la première fois. »

En même temps, il repoussait lentement Kathleen. Avant de parvenir jusqu'au champ de sa conscience, le souvenir d'avoir déjà prononcé les mêmes paroles animait son bras.

« Et l'autre, alors... Ann... Je ne l'aimais donc pas ? » se demanda Antoine avec une lucidité terrible. « Mais alors... Je pouvais la laisser vivre... Je devais la laisser vivre... »

Il entendait une voix à peine perceptible :

— Vous n'avez aucun amour pour moi ? demandait Kathleen.

Antoine resta longtemps la tête inclinée sur sa poitrine comme pour y écouter quelque chose. Enfin, il dit, détachant chaque mot :

— Tu es la seule que j'aie jamais aimée. Seulement, ça ne doit pas être. Je suis un assassin. J'ai tué une femme. La mienne.

Un instant encore, ils demeurèrent séparés de toute la longueur des bras d'Antoine. Mais Kathleen les fit doucement plier et vint cette fois d'un mouvement lent et délibéré contre son épaule. Malgré la brume, ses yeux étaient comme des vers luisants.

Quand elle parla, sa voix prit une extraordinaire inflexion, tellement faible et tellement apaisée, que Kathleen semblait sur le bord du sommeil :

— Si tu l'as fait, c'est que tu devais le faire. J'en suis certaine, ce n'est pas à moi de te juger.

Seulement alors, Antoine comprit qu'il n'avait jamais rien tant désiré au monde que ces paroles. Il serra Kathleen contre lui comme s'il avait voulu la faire entrer dans son flanc. Il n'avait pas perdu la mesure de sa force.

Ils furent de nouveau l'un contre l'autre et ne parlèrent plus.

Le bateau remontait le Tage.

ANTOINE était sûr que Maria et José le Yankee ne pouvaient pas savoir qu'il avait passé la nuit chez Kathleen. Pourtant, le lendemain, tout le temps que dura le déjeuner, il fut à la torture.

José l'interrogeait sans répit sur le voyage du phare et chacune des réponses que faisait Antoine était pour lui une gêne sans nom. La curiosité de Maria se montra d'abord aussi vive, aussi pressante que celle de son fils, mais elle sembla s'épuiser rapidement.

— En voilà assez de cette promenade, cria-t-elle soudain à José. Ne dirait-on pas qu'ils ont été au bout du monde !

La figure hâlée d'Antoine prit une couleur brique. Maria avait tout deviné. Il s'en alla sans regarder personne. Cependant, dehors et au travail, quand il eut oublié jusqu'à l'existence de Maria et de José, il continua de porter son embarras, son malaise et leur poids allait toujours croissant.

Antoine devait dîner chez Kathleen, mais dans la fin de l'après-midi, entre deux courses, il arrêta son taxi devant l'antique maison qu'elle habitait et monta juste pour lui dire, sans autre explication, que l'engagement ne tenait pas. Son travail achevé, Antoine ne parut pas chez Maria.

Il se rendit dans une gargote de très pauvres gens et, ne touchant à aucun des plats qu'il commanda, but — ce qu'il ne faisait jamais — beaucoup de bagassera.

Kathleen vit arriver Antoine vers minuit, les joues brûlantes, les mâchoires serrées. Elle l'embrassa sur les cheveux et essuya la sueur que l'alcool et un obscur combat intérieur lui avaient fait venir au visage. A cause de ce geste, les lèvres d'Antoine tremblèrent un peu, puis il alla se dévêtir, se doucha, et prit Kathleen dans l'obscurité.

Elle s'endormit si vite, si profondément, qu'elle semblait avoir attendu ce sommeil depuis des années. Antoine demeura les yeux grands ouverts dans l'ombre. Il réfléchissait et — comme toujours — sa pensée était ombrageuse, dure, défavorable à lui-même.

La nuit précédente, des émotions de toute nature — l'exaltation, la tendresse, l'orgueil, la faim sensuelle — avaient composé un état de grâce qui avait empêché Antoine d'observer le comportement de Kathleen à travers le mouvement de l'amour physique. Cette nuit, il n'en avait pas été ainsi. Et Antoine se demandait avec inquiétude, avec fureur, pourquoi ce corps étendu près du sien se montrait tantôt inerte et passif jusqu'à l'insulte et tantôt convulsé par un plaisir presque insupportable, mais toujours muet.

« On dirait que je la dégoûte et que je la rends folle, tour à tour », songeait Antoine.

Il se rappela les autres femmes qui avaient tenu à lui. Aucune n'avait agi de la sorte. Mais c'était avant... avant qu'il eût tué Ann. Et tout fut expliqué à Antoine.

« Elle sait que je suis un assassin, pensa-t-il. Voilà pourquoi... Le vice... Voilà pourquoi. »

Un accablement immense et dont la portée dépassait beaucoup celle de l'instant fondit sur Antoine. La veille, à cause des paroles que Kathleen lui avait dites sur le bateau, il avait cru reprendre la condition ordinaire des hommes. Il s'en voyait rejeté plus entièrement que jamais.

Il était coupé de ceux qui ignoraient son meurtre par le sentiment d'être seul à porter un secret. Pour ceux qui en avaient connaissance, il voyait qu'il n'aurait jamais foi en leur cœur.

« Je savais bien que ça ne se pouvait point », se dit Antoine.

Et il ressentit pour Kathleen un désir qui obscurcit toutes ses pensées. Il la prit au milieu de son sommeil.

Mais lorsqu'ils furent détachés l'un de l'autre, Antoine retourna au même tourment.

Il se leva dès que le jour parut.

— Tu as peur de me voir au soleil ? lui demanda Kathleen en souriant.

— Je t'expliquerai une autre fois, dit Antoine.

Ses yeux étaient vides et comme recouverts d'une taie.

Le lendemain et le surlendemain, il s'empêcha d'aller chez Kathleen. Puis, il n'y tint plus.

— Mon amour, gémit Kathleen en lui ouvrant la porte. Qu'est-il arrivé ? J'ai eu si peur. Je me sentais seule, seule...

— C'est près de toi que je suis le plus seul, dit Antoine.

Elle le considéra avec une intensité presque surnaturelle, de compréhension et de sollicitude. Elle parut sur le point de parler. Mais elle se contenta d'essuyer la sueur qui mouillait le front et les tempes d'Antoine.

Il revint ensuite chaque nuit.

De toute manière, il partait, le mois suivant, pour le Venezuela.

DU toit en terrasse, on devinait le relief inégal de Lisbonne au dessin des lumières. Le temps était lourd, le ciel sans étoiles. Antoine fumait une cigarette après l'autre. Kathleen était étendue près de lui. Ils ne disaient rien et remuaient à peine. La loi de leurs relations semblait être le silence et l'obscurité.

Antoine pensait à son embarquement. Encore quelques semaines... Il sentait que rien n'aurait le pouvoir de l'empêcher. Il l'avait annoncé à Kathleen. Elle n'avait rien dit. Tout était bien.

En bas, dans l'appartement, une sonnerie retentit. Kathleen se redressa d'un seul mouvement. Antoine lui mit la main sur l'épaule.

— Du calme, dit-il.

— Mais jamais personne ne vient ici... Même le jour... balbutia Kathleen.

— Quelqu'un peut se tromper, dit Antoine.

La sonnerie continuait sur une cadence obstinée, régulière, mécanique.

— Une main ne sonne pas comme ça, grommela Antoine.

La sonnerie continuait.

— Attends... Attends... chuchota Kathleen. C'est... c'est le téléphone... J'avais oublié que le propriétaire l'avait fait établir... Il ne m'a jamais servi.

La sonnerie continuait.

— Il faut savoir qui c'est, tout de même, dit Antoine.

En descendant, Kathleen pensait : « Maisie... da Silveira... Mais comment ? »

Elle prit le récepteur, appela, appela, appela encore... Elle était si pâle qu'Antoine s'avança pour la soutenir.

— Qu'est-ce qu'il y a ? demanda-t-il.

— Ecoute, dit Kathleen, par le seul mouvement de ses lèvres.

Antoine prit l'autre récepteur. Au fond de la conque, il ne percevait qu'un très faible chuintement.

Kathleen appela encore une fois. Rien ne se faisait entendre, sauf ce même son, plus vide que le silence.

— Une erreur, je te le dis, grommela Antoine.

Il rétablit l'appareil en position de repos et demanda :

— On remonte ?

— Attends... attends... pria Kathleen.

La sonnerie recommençait. Et, de nouveau, personne ne répondit.

Kathleen lâcha le téléphone, se jeta contre Antoine, adhéra à lui de tout son corps. De même que sur le bateau qui remontait le Tage, il était sa seule défense, la seule épaisseur qui la séparait de l'épouvante nocturne.

Antoine, lui aussi, se souvint du retour sur le Tage.

Alors, il lui avait dit :

« Ça ne doit pas être. Je suis un assassin. J'ai tué une femme... La mienne. »

C'était le même frémissement, la même passion chez Kathleen. Et la même sale peur d'il ne savait pas quoi. Et le même vice pour lui parce qu'il avait tué.

Il la repoussa avec tant de brutalité qu'elle recula en trébuchant et dit :

— Tu n'es pas la première à venir te frotter contre moi parce que j'ai eu du sang de femme sur les doigts. Après le procès, j'en ai eu des hystériques, tu peux me croire.

Kathleen oscillait légèrement de gauche à droite et de droite à gauche comme si elle ne savait plus ce qu'était l'équilibre...

— Eteins, éteins vite, murmura-t-elle tout à coup.

Sans comprendre pourquoi, Antoine obéit. Kathleen se rapprocha de lui à tâtons.

— Insensé, insensé, dit-elle... Moi aussi...

moi aussi... Mon mari... sur la falaise, c'est moi qui l'ai poussé...

Antoine eut besoin de toucher Kathleen pour croire à sa présence.

Puis il demanda :

— Tu ne veux pas dire ?... Ton mari... tu l'as...

— Oui, souffla Kathleen.

Antoine demanda encore, d'une voix sans accent et sans timbre.

— Et personne ne le sait ? Et c'est pour ça que tu as peur ? Et c'est pour ça que nous devons être tellement forts ensemble ?

— Oui, chuchota Kathleen.

Il faisait complètement nuit dans la chambre. Cependant Antoine ferma les yeux, comme ébloui.

Seules, des circonstances contraires à l'ordre habituel des affaires humaines — même si les circonstances sont terribles — peuvent donner à un bonheur le paroxysme d'acuité, de fièvre et d'exaltation que connut alors l'amour de Kathleen et d'Antoine.

Ils voyaient qu'ils avaient été choisis et marqués l'un par l'autre. Ils ne pouvaient nommer la force qui avait déterminé ce choix. Mais aucune femme ne pouvait donner à Antoine ce que Kathleen lui avait apporté. Aucun homme ne pouvait exaucer Kathleen dans la mesure où Antoine l'avait fait. En découvrant le même signe fatal dans leur passé, en mettant en commun les chiffres de leur solitude, ils avaient soudain retrouvé le sens de la vie. Ils n'étaient plus emmurés dans leur propre souffle.

— Est-ce qu'il ne t'est pas arrivé, quand tu étais très jeune, de rêver à une île déserte où abriter ton seul amour ? demanda le lendemain Kathleen.

— Peut-être, dit Antoine.

— Cherche bien, dit Kathleen.

— Maintenant... oui..., je me rappelle... C'est vrai, dit Antoine.

— J'en étais sûre, murmura Kathleen.

Elle sourit doucement, de sa bouche longue, un peu sinueuse et tendre, de ses yeux verts.

— Eh bien ? demanda Antoine.

— Réfléchis un peu, et regarde autour de nous, dit Kathleen à mi-voix.

Ils étaient assis à la terrasse d'un café sur le Roscio, à l'heure la plus populeuse. De toute part, les hommes considéraient Kathleen avec curiosité.

Les yeux d'Antoine firent le tour de ces visages ; allèrent aux autres terrasses, à la place qui fourmillait d'une foule immense, et revinrent à Kathleen.

— Tu sais, maintenant ? demanda-t-elle.

— Je crois, dit Antoine.

Sa main dessina dans l'air un rond étroit qui cernait Kathleen et lui-même.

— Ils ont beau s'agiter, nous sommes, nous, dans l'île déserte ? demanda-t-il.

— C'est ça, c'est ça, mon chéri, s'écria Kathleen. Tu as trouvé le signe. Où que nous allions, quoi qu'il arrive, entre nous et les autres, il y a un cercle... profond comme la mer.

— Autour de l'île déserte, dit Antoine.

Il demeura pensif et son lourd visage s'éclaira lentement de l'intérieur.

— C'est beau, dit-il.

José le Yankee les surprit en criant les journaux. Antoine lui offrit une glace. Le regardant manger, il murmura :

— Même lui... non... même lui, il n'est pas sur l'île déserte.

José leva vers Antoine sa bouche pleine et saisie par le froid.

— Ne fais pas attention... on a trouvé un jeu, lui dit Kathleen.

Elle eut un rire haut, clair, cristallin comme une toute jeune fille. Son long cou pur et blanc était tout animé par le rire.

Ils se mirent à jouer à l'île déserte.

Eux qui avaient évité leurs semblables, ils prirent plaisir à se rendre dans les endroits où accourait, où s'amassait la tribu humaine. Ce n'était pas un défi, ni même une revanche. Ils se libéraient simplement d'une chaîne que chacun, quand il avait été seul dans l'univers, autour de lui-même, avait nouée.

A présent, ils étaient deux et sans entraves. Et plus forts qu'une armée.

On les vit dans les restaurants ; à l'Arcadia, établissement de nuit fréquenté par les marins, et ils y dansèrent ; aux courses de taureaux, où le matador en costume Louis XV travaillait sur un cheval ailé et où il n'y avait pas mort de bête.

Ils parlaient beaucoup. Ils prenaient à toute chose un intérêt intense. Ils se rattrapaient.

En écoutant Antoine et ses souvenirs, Kathleen apprenait la rude chronique du monde. Elle lui enseignait, d'un mouvement tout naturel et par la seule vertu de son langage, de son éducation et de ses songes, à enrichir des ressources de l'esprit l'expérience qu'il avait formée.

Et toujours et partout, les accompagnait le sentiment qu'ils étaient tenus, au-delà de toutes les autres vies qu'ils côtoyaient, par une fatalité à eux seuls commune. Ils n'en tiraient que vaillance et gaieté.

Ils retournèrent un soir à la cave aux fados. Et ils avaient une telle foi dans les défenses de leur inaccessible et mystérieuse complicité qu'ils invitèrent Maria et José le Yankee.

Le sous-sol était le même, et le public, et le silence. Et l'énorme vieille chanta, comme toujours, d'une voix d'ange, et le tuberculeux épuisa pour eux son étroite réserve de vie. Mais ni Antoine ni Kathleen ne retrouvèrent l'ancienne transe qu'ils avaient connue en ce lieu. Ils n'avaient plus besoin d'une influence déguisée, souterraine, pour les guider, note par note, à une secrète reconnaissance. Les mélopées déchirantes, ténues, exténuées, ne convenaient plus à la hardiesse, à l'exubérance, au sang nouveau de leur amour.

— Il ne faut pas entendre les fados trop souvent, dit Kathleen pendant une pause. Il en est qui sont très beaux, mais la trame est mince, toute transparente.

— Attends, dit Antoine.

Il appela le guitariste, l'emmena dans la salle et ils restèrent dehors assez longtemps.

Quand ils revinrent, le guitariste, s'adressant au public, demanda qu'il voulût bien prêter son attention favorable à un amateur. La chose n'étonna personne. C'était dans les traditions.

Antoine hésita quelque peu, son cou prit une couleur brique, mais il regarda à la dérobée Kathleen et se mit à chanter une complainte de Bruant.

Bien avant qu'Antoine fût né, cette complainte avait traîné dans les rues de Paris et de ses faubourgs, et ramassé au ras des pavés les sortilèges sordides et merveilleux de la grande ville et nourri d'un courage désespéré des milliers de cœurs pareils à celui d'Antoine.

Aussi, il la chantait bien et, quoique la langue

en fût inconnue dans le caveau, l'auditoire l'aima.

— C'est magnifique, Antoine, c'est magnifique, s'écria Kathleen.

Sa poitrine se soulevait, ses yeux étaient plus grands et d'un vert plus clair.

— Encore, encore, pria-t-elle. Mais une chanson plus gaie.

— La gaieté, ça n'est pas mon affaire, murmura Antoine. Mais tout de même... Attends... quand je faisais la guerre en Afrique...

Il se mit à siffler doucement une marche. Le guitariste la reprit. Et les paroles revinrent d'elles-mêmes à Antoine.

Il commença par chanter, comme il l'avait fait avant, à voix contenue. Et bientôt, il lui sembla entendre les clairons, le pas cadencé, les cris rauques des soldats du désert. Il se laissa aller. A la fin, il n'y avait plus rien au monde pour lui que ces souvenirs brûlants et la sensation de la main de Kathleen posée sur la sienne et qui frémissait contre la veine du poignet, au contact de la marche.

Quand Antoine acheva la chanson, il se retrouva debout et ses pieds martelaient le sol. Il rougit à sa manière, intensément, et grommela :

— Assez de faire le pitre. On s'en va.

Mais, dans la rue, il recommença de siffler la marche.

Ils remontèrent ainsi jusqu'au vieux quartier où ils habitaient tous.

Avant de se coucher, Maria dit à son fils :

— Ce que l'amour, tout de même, peut faire des gens…

José attendait que sa mère se mît à rire. Mais elle se rappelait son jeune temps et fit une grimace où déjà pointaient les larmes. José lui donna quelques grandes tapes dans le dos.

DANS ces journées qui échappaient à toute mesure, l'un des premiers et des plus pressants désirs d'Antoine fut de s'habiller avec la plus grande recherche. Comme la nouvelle vie qu'il menait exigeait déjà plus d'argent qu'il n'en pouvait gagner et qu'il n'admettait pas l'idée que Kathleen lui vînt en aide, Antoine retourna au casino d'Estoril. Cela lui réussit de nouveau.

Il alla commander en cachette vêtements, chemises et chaussures chez les fournisseurs les plus chers. Il en doubla les prix par des pourboires, afin de les obtenir dans le temps le plus court. Et encore trouvait-il les délais interminables. Il se rendait sans cesse chez le tailleur ou le bottier, insistait, s'emportait, suppliait. Enfin, tout se trouva prêt ensemble.

Le costume était de bonne laine, les souliers de bon cuir, les chemises de belle soie blanche, et ces matières avaient été travaillées par de bons artisans. Il ne restait plus qu'à choisir une cravate.

Mais là, Antoine suivait son propre goût. Et il aimait les cravates voyantes.

Kathleen fut attendrie à l'extrême quand elle le vit paré pour la première fois : il avait une expression enfantine de plaisir et d'embarras qu'il essayait en vain de dissimuler. Elle se récria sur la coupe, toucha les étoffes avec admiration.

— Je ne savais pas que tu pouvais être si beau, dit-elle enfin.

— Ça va, ça va, grommela Antoine.

Il était ravi.

— Mais attends une seconde, dit Kathleen.

Elle quitta l'appartement et revint au bout d'une demi-heure avec un léger paquet.

— Je ne veux pas te voir si magnifique sans y être pour rien, dit-elle en riant.

Le paquet contenait deux cravates d'un grain épais et sobre. Kathleen en noua une autour du cou d'Antoinc. Il la laissait faire, fasciné.

Personne encore n'avait pensé à cela pour lui.

— Maintenant, on va essayer l'autre, dit Kathleen.

— Non, celle-là, je veux l'avoir dans ma poche toujours, dit Antoine. Comme fétiche.

Il plia la cravate avec un soin appliqué et maladroit, l'enveloppa d'un mouchoir et la glissa à l'intérieur de son veston.

Avant de mettre son vêtement de travail, il alla se montrer à Maria.

— Bonté de la Vierge, s'écria-t-elle, tu es aussi bien habillé que l'était mon Johnie.

Antoine toucha sa cravate.

— Je l'ai reçue de Kathleen, dit-il.

Maria ne montra pas de surprise.

— C'est ainsi que fait toute bonne femme, observa-t-elle sentencieusement.

— Ah ! dit Antoine.

Il roula le bout de sa cravate entre ses doigts carrés et demanda :

— C'est une habitude, alors ?

— Quand on tient un peu à son homme, bien sûr, dit Maria.

Antoine continua de rouler le bout de sa cravate. Il demanda encore :

— Et de la nouer, pour vous, c'est aussi l'habitude ?

— C'est un plaisir, dit Maria. J'aimais bien le faire pour Johnie.

Antoine se changea et travailla le reste de la journée. De temps à autre, tout en conduisant, il palpait à travers la toile de son blouson son nouveau talisman. Ses mâchoires, alors, saillaient un peu.

La nuit venue, il mit ses vêtements d'apparat et Kathleen l'admira de nouveau. Puis elle remarqua en souriant :

— Tu as décidé de porter le fétiche à ton cou ?

— Oui, j'ai changé d'idée, ça arrive, dit Antoine.

Il fit quelques pas à travers la vaste pièce et s'arrêta face à un mur, comme s'il examinait le dessin des azuléjos.

Ainsi placé, il demanda soudain :

— C'est vrai que tu achetais les cravates de ton mari ?

Sa voix était unie et neutre. Il n'obtint pas de réponse. Il se retourna brusquement vers Kathleen et gronda :

— Alors ?

— Je ne sais pas... pourquoi... ? je ne me rappelle plus... balbutia Kathleen avec une expression un peu égarée sur le visage.

Puis elle se mit à dire très vite :

— On ne fait pas attention à ces choses-là, tu comprends. C'est si naturel. Ma mère le faisait pour mon père et moi-même, quand j'étais encore enfant, pour mon frère aîné.

— Je ne parle pas de tes parents, je te parle de ton mari, dit Antoine rudement.

Kathleen demeura sans voix et sans mouvement.

Antoine ricana :

— Je vois ce que c'est... Je vois ce que c'est...

Il sortit lentement un couteau de sa poche et, sans ôter sa cravate, la lacéra fragment par fragment. Quand ce qui en restait se défit, il jeta le dernier lambeau par terre.

— Je n'ai pas l'habitude d'être pris pour un autre, dit-il.

Kathleen ne fit rien pour l'empêcher de partir.

ANTOINE marchait au hasard dans le lacis touffu et difficile des vieilles rues qui formaient ce haut quartier antique. Il se laissait mener par leur pente.

« Comment se fait-il que je ne me sois jamais inquiété de lui ? Il faut vraiment que, tous ces jours derniers, j'aie eu le vertige... »

Il alla longtemps, les bras ballants, la tête vide. Puis il pensa de nouveau.

« Je n'ai jamais demandé à une femme des comptes sur son passé. Chacun a le sien. Alors ? »

Aucune réponse ne vint à Antoine. Il continua de descendre les collines. Venelle sombre après venelle sombre.

Sans en avoir conscience, il porta la main à la hauteur de son col, à l'endroit où il aurait dû avoir une cravate. Il se sentit plein de fiel, de misère aride, de fureur qui ne trouvait pas d'issue.

Il pensa encore :

« Elle m'a parlé de tout... les parents... la maison où elle était enfant... le jardin... le couvent... la vieille bonne... Mais lui, lui... jamais, rien... Comme si ça n'avait pas compté... pas existé... »

Antoine serra ses poings dangereux. Il s'arrêta et dit tout haut, sans en avoir conscience :

— Ordure.

La sonorité du mot l'étonna si fort qu'il se retourna pour chercher qui, derrière lui, l'avait prononcé.

Puis il comprit qu'il avait bien parlé lui-même et que son insulte s'adressait à Kathleen, et eut envie de se broyer la langue. Les yeux verts, les yeux de vers luisants... le cou de Kathleen, doux, long, blanc... et lui... il...

« Est-ce que je lui ai fait des discours sur Ann, moi ? » se dit Antoine avec une pesante colère contre lui-même. « C'est elle qui a raison. On ne touche pas au morts... à des morts comme ceux-là. »

Antoine se remit en marche. Il savait que la vraie justice était dans ces dernières pensées. A l'ordinaire, ce sentiment lui rendait la sérénité. Pas cette fois.

Le terrain devint plat. Antoine arrivait aux terrains vagues qui avoisinaient le port marchand.

Des wagons démolis... des machines hors d'usage, des monceaux de ferraille, de bois...

Antoine se rappela qu'il avait souvent dormi là, dans les commencements, quand il n'avait pas d'emploi, que son linge s'en allait en loques. Il effleura du dos de sa main la riche étoffe qui l'habillait. Il éprouva un désir furieux d'arracher le vêtement dont il avait été si impatient et si fier.

— Sans ce costume, il n'y aurait pas eu cette saloperie de cravate, et cette imbécile de Maria n'aurait pas eu à parler, et je ne serais pas là, de nouveau, gronda Antoine, sans s'apercevoir qu'il recommençait à penser à haute voix.

Il se laissa tomber sur une caisse éventrée. La nuit était claire. On distinguait les corps métalliques des grues dans le port marchand. On voyait couler le fleuve.

« Et puis, je me fous de tout... bientôt, je ne serai plus là », songea Antoine.

Il se redressa et se mit à gravir les pentes qu'il venait de descendre. Il allait chez Kathleen.

Il sentit qu'elle hésitait derrière la porte et l'appela doucement par son nom. En voyant Antoine, elle se prit à trembler.

— Je n'osais plus espérer, dit-elle. J'avais si peur, si peur...

Kathleen noua fiévreusement ses mains derrière le cou d'Antoine. Il eut l'impression que toute sa force reposait au creux de ses paumes petites et glacées.

— Antoine, pourquoi, pourquoi ? gémit Kathleen.

— Tais-toi, dit très bas Antoine. On ne parle plus de ça. Jamais… C'est juré. Jamais.

LE lendemain, à la fin de l'après-midi, ils se retrouvèrent, place du Commerce, près des marches qui menaient au Tage, pour aller dîner dans un restaurant populaire situé sur la rive opposée. En attendant le bac qui assurait le va-et-vient, Kathleen glissa rapidement une clef dans la main d'Antoine.

— Je l'ai commandée pour que tu entres à ta guise, n'importe quand, dit-elle, même la nuit, tard, comme hier. J'ai peur d'ouvrir.

Antoine laissa réchauffer le métal au creux de sa main. Ce signe de confiance, de dépendance absolue lui faisait un bien infini.

Mais quand il mit la clef de Kathleen dans sa poche, il se souvint d'une autre clef qu'il avait portée à travers cent risques mortels, la clef de l'appartement qu'il avait eu à Londres. Il courba la nuque comme sous le poids d'une faute inexpiable. Non pas contre Ann, mais envers Kathleen.

« Si elle savait, elle devrait me déchirer la figure avec », pensait Antoine.

Il jeta un regard furtif sur Kathleen.

« Elle est heureuse, elle croit que c'est la première fois pour moi, se dit-il. Quelle misère... »

Antoine se rappela alors son tourment de la veille et, d'un seul coup, ses sentiments subirent un revirement complet. Un mauvais rictus abaissa ses lèvres. Il songea : « Chacun son tour. Hier, c'était moi la poire... Et combien d'autres fois, sans doute ? »

Le bac arriva, débarqua les passagers de l'autre rive, embarqua ceux de la place du Commerce, commença de traverser lentement le Tage.

— C'est d'ici que tu partiras pour le Venezuela ? demanda Kathleen.

— Non, un peu plus bas, dit Antoine. Là où mouillent les bateaux marchands.

— Bientôt ?

— Quinze à vingt jours, je pense. Ça dépendra du fret.

La berge opposée approchait, mais Kathleen continuait de contempler le fleuve.

— Ça ne te fait rien, mon départ ? demanda Antoine.

— Tu sais, Antoine, dit Kathleen en balançant légèrement son cou flexible, tu sais, je t'aime tant que souffrir pour toi ne m'effraie pas.

Elle ajouta plus bas, très bas :

— C'est quand tu as mal, que je deviens folle.

Les derniers mots, Antoine ne les entendit pas. Une idée lui était venue qui l'avait étourdi.

« Ce n'est pas moi qu'elle tuerait par amour », avait-il pensé.

Le bac toucha la rive avant qu'Antoine eût essayé d'éclaircir la portée de sa découverte. En vérité, il avait peur. Il cherchait à l'étouffer.

Le mouvement du restaurant l'aida. C'était une vaste et haute bâtisse, toute en vitres, brillamment illuminée, où, à chaque étage, on servait des coquillages, des crustacés, des poissons. Les prix étant bas, les gens de modeste fortune y venaient en foule : débardeurs, marins de commerce, pêcheurs, mécaniciens, pilotes, scribes et douaniers du port. Le choc incessant des semelles contre les marches de pierre des escaliers, le cliquetis de la vaisselle et des verres, l'éclat des voix qui emplissaient l'édifice, se composaient en rumeur puissante et plaisante. Les serveuses étaient agréables à voir et gaies.

Antoine et Kathleen trouvèrent, au dernier étage, une table accotée à la grande baie ouverte. Ils étaient ainsi entourés par le bourdonnement de la masse humaine et par la brise et les bruits du fleuve. Leurs yeux se rencontrèrent, portant le même éclat, le même signal de reconnaissance. Ils se sentaient de nouveau choisis par le sort pour une prodigieuse complicité et pour un amour au-delà de tous les amours.

L'île déserte...

— Tu es bien la première vraie chance que j'aie eue dans la vie... la seule, dit Antoine.

— Je viens de me rappeler tout à coup, murmura Kathleen, ce que répète Maria : quand on a été une fois heureux, on n'ose plus rien demander au ciel.

— Oh ! Maria, c'est une sainte, dit Antoine en souriant.

— Je le crois, dit Kathleen sans sourire.

La chair des bêtes de mer était fraîche et fine. Le vin sentait bon. Des marchands de fleurs se glissaient entre les tables. Les lumières qui brillaient sur le fleuve semblaient se rallumer l'une par l'autre, à l'infini.

Antoine siffla doucement les premières mesures de la marche des soldats d'Afrique. Kathleen s'appuya un peu contre lui.

— Comme tu es sain ! murmura-t-elle.

Un garçon qui vendait des roses s'approcha d'Antoine et lui mit presque son bouquet dans la figure :

— Pour les fiancés du Tage, dit-il.

Le garçon était pieds nus, en guenilles, avec des yeux impudents et tendres.

« Il ressemble au Yankee », pensa Antoine,

et il lui acheta ses fleurs. Puis il poussa le bouquet sur les genoux de Kathleen avec négligence et presque avec rudesse, parce qu'il n'avait pas songé à elle en le prenant, et qu'il trouvait ce geste assez ridicule. Mais Kathleen qui ne savait pas, se dit simplement qu'Antoine lui donnait des fleurs pour la première fois. La joie et l'émotion les plus ingénues se montrèrent sur son visage.

Kathleen chuchota :

— Elles sont merveilleuses. Merci, Antoine, merci, mon chéri.

Antoine avait un peu honte.

— Je veux en mettre une sur moi, tout de suite, s'écria Kathleen.

Elle demanda une épingle à une servante. Celle-ci voulut l'aider.

— Non, non, dit vivement Kathleen. Fais-le, je t'en prie, Antoine, et si tu me piques, tant mieux.

Antoine fixa une rose sur la blouse de Kathleen avec gêne et maladresse, mais il était content de l'entendre rire, d'effleurer son cou merveilleux.

Quand il eut fini, Kathleen l'embrassa très vite, avec emportement. La rose s'en trouva un peu déséquilibrée, Kathleen la remit en place d'un geste tout instinctif.

Ce dernier mouvement, par sa légèreté, sa délicatesse, sa science spontanée, rappela à

Antoine la façon dont Kathleen avait noué sur lui sa cravate. La fleur aussi, rétablie par elle, semblait une autre fleur. Une amertume dont il ignorait encore la source vint au cœur d'Antoine.

« Ils apprennent ça depuis qu'ils sont nés, dans son milieu », pensa-t-il, et il dit, sans l'avoir prémédité :

— Je suis bien sûr que ton mari s'y entendait autrement mieux que moi.

Aussitôt qu'il eut parlé, Antoine eut le sentiment qu'un épais silence — malgré tous les bruits qui continuaient — s'était fait dans la salle.

— Antoine ! Antoine ! murmura Kathleen.

Sur la blancheur habituelle de son visage, une blancheur toute différente s'était soudain étendue.

Antoine comprit qu'elle essayait de lui rappeler le serment qu'il avait fait la veille. Mais tout fut emporté par l'espèce de torrent tumultueux qui, maintenant, après le silence, emplissait de sa fureur les tempes d'Antoine.

— Tu ne vas pas prétendre, dit-il, qu'il ne t'a jamais offert de fleurs, non ?

Kathleen regardait Antoine, sans ciller, et comme sous l'hypnose de ce visage soudain déformé par une haine et une souffrance indicibles.

— Ah ! tu vois, tu ne dis rien ! gronda Antoine.

Il fit un mouvement violent vers la rose qui s'épanouissait près du cou de Kathleen. Elle se rejeta en arrière. Le bras d'Antoine retomba.

— Si tu le veux, vraiment, murmura Kathleen en ébauchant un geste pour défaire la rose.

Antoine baissa la tête et son regard s'orienta vers les feux qui escortaient le Tage.

Du temps passa. Kathleen, dont les mains tremblaient, les avait enfouies dans les fleurs. Elles étaient tendres et humides.

« On dirait un buisson vivant », pensa Kathleen à mi-voix.

Antoine se retourna lentement. Il avait été sans cesse aux aguets d'un prétexte.

— Tu en avais dans ton jardin, n'est-ce pas ? demanda-t-il.

— Tu sais bien, chez mes parents, dit Kathleen, quand j'étais...

— Non ! coupa Antoine. Pas chez tes parents. Après ?

Kathleen se taisait. Antoine demanda :

— Alors ? C'est un secret aussi ?

Elle contempla le relief aigu des mâchoires qui s'approchaient de son visage et répondit avec une détresse qui enlevait toute inflexion à sa voix :

— J'avais un jardin... en été... au bord de la mer.

Antoine retint se respiration longuement, puis, dans le souffle qu'il laissa échapper, Kathleen l'entendit chuchoter :

— Et la falaise n'était pas loin.

— La falaise... répéta Kathleen.

— Oui... La falaise d'où il est tombé parce que tu l'aimais trop, gronda Antoine.

Il aurait voulu se dresser, crier tout ce qui lui venait soudain à l'esprit. Mais il avait déjà trop élevé la voix et, déjà, on le regardait. Alors il serra les dents et ses paroles assourdies prirent un accent encore plus âpre de sauvagerie et de désespoir.

— Il faut y venir à la fin, ma fille, il faut y venir. On ne peut pas laisser traîner ça dans son sang jusqu'à la mort du monde. As-tu souffert par lui tout de même pour faire ça ! L'as-tu assez aimé !

Une serveuse versa du café.

Antoine se tut et ce silence imposé fouetta sa fureur. Il se pencha vers Kathleen si près qu'elle sentait l'air remuer autour de ses lèvres sèches.

— Tu te tais, hein ? reprit Antoine. Bien sûr, c'est tellement plus facile. On trompe si bien les gens... Mais pas moi, non ! Je le sais, moi, ce qu'il faut d'amour pour devenir assassin. Et encore moi, ça n'était rien... Je suis une brute, moi ! J'ai le poids qu'il faut. Et j'avais l'habitude. J'étais instruit à faire du cadavre. Mais toi… alors… toi ! jusqu'où donc l'avais-tu dans la peau ?

Depuis quelques instants, Kathleen ne comprenait plus ce que disait Antoine. Elle ne l'entendait même pas. Toute sensation était abolie en elle et elle ne parvenait pas à réfléchir.

Elle n'avait qu'une préoccupation : où déposer les roses qui encombraient ses genoux ?

Enfin, elle arriva à concevoir qu'elle pouvait les mettre sur la table.

Alors elle marcha très droit, trop droit dans l'escalier.

En bas, elle n'aperçut pas l'inspecteur Lewis. Pourtant, il ne cherchait pas à se cacher. Il la salua et lui sourit plusieurs fois.

LES étalages de luxe, les banques, les boutiques de change et les offices des compagnies de navigation tenaient, tous et toutes, dans une sorte de damier exigu, composé par les rues étroites qui se coupaient à angle droit entre la place du Commerce et celle du Roscio.

La Société des Cargos Caraïbes ne se raccrochait que par une sorte de fraude à ce quartier. Ses bureaux avaient seulement vue sur lui et encore par une fenêtre de coin. En vérité, ils se logeaient dans une maison délabrée d'un rose lépreux, bâtie hors du terrain plat et déjà sur la pente d'une des collines du Nord, où la population était assez misérable.

L'appartement comprenait sans doute plusieurs pièces, mais une seule était ouverte, celle du coin.

Poussiéreuse, chaude et humide, ne prenant jamais l'air, sentant la moisissure et l'huile, tapissée d'un papier qui n'avait plus de couleur et qui portait quelques lambeaux d'affiches de navigation, elle contenait, derrière un comptoir en bois vermoulu et un guichet rouillé, tous les services de la compagnie. Un homme de teint bilieux, aux cheveux gris, à l'œil pesant, les joues toujours hérissées d'un poil très noir et luisant, en assurait seul la marche — directeur, secrétaire, caissier et garçon de bureau en même temps.

Il s'appelait Porfirio Rochas et avait été officier au long cours. Il lui était interdit de naviguer à cause d'une maladie de cœur, disait-il. Mais on donnait à cela d'autres raisons dans les cabarets douteux du port où il aimait fréquenter.

Antoine éprouva le besoin de voir à tout prix cet homme lorsqu'il quitta le restaurant du Tage, longtemps après Kathleen.

Il trouva Rochas au fond d'une taverne à peu près vide, en manches de chemise et jouant aux cartes avec le patron.

— Tonio, mon grand Tonio ! s'écria Porfirio Rochas avec un plaisir sincère.

Les hommes de son tempérament aimaient toujours Antoine, parce qu'ils le sentaient en marge de la société autant qu'ils l'étaient eux-mêmes, mais de rapports plus sûrs.

— Tu viens faire une partie, Tonio ? reprit Rochas sans enlever de sa bouche un long cigare de Havane qu'il tenait délicatement en équilibre entre deux dents en or...

— Je viens savoir où en est ta saloperie de cargo ? demanda Antoine.

Rochas abattit une carte en criant « atout » et ramassa sa levée.

Seulement après, il dit à Antoine :

— Quitté la Guayra il y a trois jours.

— Et depuis ? demanda Antoine.

— Atout, dit Rochas... Depuis ? Comment veux-tu qu'on sache ! Sur mon transatlantique, il n'y a pas de radio. On a des nouvelles aux escales.

Antoine jura.

— Ça presse ? demanda Rochas.

— J'ai marre de ce pays, dit Antoine.

Porfirio Rochas enleva son cigare et regarda Antoine en plissant ses paupières épaisses d'une certaine manière.

— Non, dit Antoine, simplement marre.

Porfirio Rochas remit son cigare entre ses dents en or :

— Et moi donc... soupira-t-il. Atout...

Le patron avait perdu. Il paya une tournée. Antoine aussi. Puis il accompagna Porfirio Rochas dans une autre taverne. Et une autre encore.

Il but plus qu'il ne l'avait jamais fait et dormit chez Porfirio, assommé par l'alcool, sur un mauvais matelas, à même le carreau, dans son costume neuf.

Au matin, Antoine suivit Porfirio jusqu'à son bureau.

Porfirio feuilleta un courrier composé surtout de prospectus.

— Rien du cargo ? demanda Antoine.

— Rien, dit Rochas.

Antoine alla à la fenêtre, regarda le morceau de ville étendu sous ses yeux. Elle lui était tout entière interdite. Chaque détour y faisait penser à cette femme si belle, si frêle et si douce, et qui avait aimé un autre homme au point de trouver dans cet amour assez de force et de sauvagerie pour tuer.

— Je crois que je vais rester un peu ici ! dit Antoine.

Le bureau de Porfirio était le seul endroit qu'il pût supporter et Porfirio le seul être humain. Ils appartenaient au voyage.

— Tu es chez toi... A onze heures on apporte toujours de l'absinthe, dit Porfirio.

Ils allèrent déjeuner ensemble et retournèrent ensemble au siège de la Société des Cargos Caraïbes. Leur nuit ressembla à la nuit précédente.

Quand ils parlaient, c'était uniquement de bateaux.

Antoine avait été soutier, chauffeur, garçon de cabine. Porfirio était allé souvent aux colonies portugaises d'Afrique et jusqu'à Macao, dans la mer de Chine, sur les vapeurs les plus singuliers.

Plusieurs journées passèrent de la sorte.

Un après-midi, Porfirio reçut un télégramme.

— Le cargo est à Tanger, dit-il à Antoine. Il mouillera dans le Tage d'ici une bonne semaine ou un petit dix jours.

— C'est long, grommela Antoine.

— Nous allons tout de même fêter ça, dit Porfirio.

Il emmena dîner une fille qu'il trouva dans la ruc. Elle était sans jeunesse, grasse et passive.

A la fin du repas, Porfirio la caressait sous sa jupe. Il respirait lourdement et ses lèvres se retroussaient sur ses dents en or.

— C'est bon d'être amoureux, tu sais, Tonio, dit Porfirio.

Il mordit la fille dans le cou. Ce cou était court, épais et malpropre.

Antoine repoussa sa chaise.

— Mais tu ne me gênes pas, lui dit Porfirio.

Antoine gagna la rue.

Chez lui — c'était une chambre de maison meublée — Antoine considérait les murs comme s'il ne les connaissait pas.

« Ça manque d'azulejos », pensa-t-il en ricanant.

Mais il ne réussit pas à précipiter en lui le mouvement de haine qu'il désirait. Depuis qu'il avait quitté Porfirio, il songeait au cou merveilleux de Kathleen et il éprouvait un désir intense, de netteté, de fraîcheur.

Il but toute une gargoulette d'eau, se lava, changea de linge, pensa à se coucher et sentit qu'au lieu de sommeil, il ne trouverait dans son lit que torture. Il mit des vêtements de travail et sortit.

Il se trouva tout près de la maison qu'habitait Kathleen et s'arrêta avec stupeur. Il mesurait la force de l'attrait qu'elle exerçait sur lui et l'étendue de sa faiblesse.

« Je suis une loque », se dit Antoine.

Il prit sur lui de faire lentement quelques pas de plus, puis tourna les talons. Il était le plus fort, il était délivré.

A ce moment, il lui sembla percevoir derrière lui un léger mouvement. Il fit volte-face et distingua une ombre humaine, détachée pour un instant du trou obscur que faisait le porche de la maison de Kathleen.

Antoine, d'un même réflexe, atteignit celui qui se cachait et le saisit aux épaules. Il se rendit compte alors qu'il avait affaire à un enfant. Puis il entendit la voix de José le Yankee, chuchotant :

— Mais c'est toi, Tonio, c'est toi...

La première pensée d'Antoine fut qu'il avait été surpris en pleine indignité. Kathleen allait savoir... Elle croirait que chaque nuit, il rôdait sous ses fenêtres... Comme un imbécile, comme un malheureux, comme...

— Qu'est-ce que tu fais ici? murmura Antoine avec fureur en serrant de toutes ses forces les épaules de l'enfant.

— Tu me fais mal, dit José.

Il tordait en tous sens son torse pour échapper à la prise d'Antoine et n'y arrivait pas.

— Pas assez, ma petite ordure, gronda Antoine. Je t'apprendrai à me guetter... m'espionner...

Il s'arrêta de secouer José. Le mot venait d'orienter son esprit vers une piste nouvelle. José surveillait les abords de la maison. Contre qui? Cela pouvait être seulement contre lui, Antoine. Pourquoi? Il y avait un homme avec Kathleen.

— Je vais t'expliquer, murmura José. Hier soir, en revenant de chez nous, Madame Kathleen a vu un homme aller et venir ici. Ce matin encore et cet après-midi. Elle a eu peur. Tu n'étais pas là... Elle m'a demandé...

— Faut trouver de meilleures histoires quand on est bien payé, ricana Antoine. Il n'est pas dehors l'homme, il est dedans. Ça n'est pas la première fois que ça m'arrive.

Il souleva José en grondant :

— Je te réglerai ton compte après.

Il jeta l'enfant comme un paquet sur le pavé et se rua à l'intérieur de la maison.

Il savait qu'il avait dans sa poche la clef de Kathleen.

ANTOINE fut si rapidement dans la chambre de la jeune femme qu'elle n'eut pas le temps de sortir de son lit.

Il la trouva à demi dressée contre les oreillers, le visage figé et creusé par la panique, ayant laissé tomber le livre qu'elle avait tenu. Il vit tout cela aussitôt et que rien n'était préparé pour tricher avec lui : Kathleen était seule.

Il mit sa lèvre inférieure en sang pour reprendre quelque empire sur lui-même.

— Mon chéri... Antoine... quelle figure... murmura Kathleen.

Il passa le revers de sa main sur ses traits baignés de sueur.

La porte qui donnait accès sur l'appartement claqua et Antoine se rappela vaguement qu'il ne l'avait pas refermée. Kathleen reprit son expression de panique.

Ce n'était que José le Yankee.

— C'est bon, grommela Antoine. Il n'y a rien de cassé. Tu peux aller.

José regarda Kathleen, et Antoine pensa avec une amère violence qu'il prenait maintenant ses ordres chez elle.

— Va te coucher, mon petit, dit Kathleen avec douceur. Antoine est là.

Antoine attendit le départ de José, puis gronda :

— Oui, je suis là, et je veux savoir ce qui se passe.

Il n'avait plus souvenir qu'il avait rejeté Kathleen de sa vie pour toujours. L'effroi altéra de nouveau le visage de la jeune femme. Elle dit très vite :

— Il est sans cesse autour de la maison, il interroge les voisins, il me guette.

— Il ? Qui ? demanda brutalement Antoine.

— Lewis... L'inspecteur... Lewis, de Scotland Yard.

— Tu es sûre ? demanda encore Antoine.

Mais cette fois son visage était plus attentif.

— Je ne le connais que trop, dit Kathleen. C'est lui qui a mené l'enquête... l'enquête pour...

Kathleen s'arrêta une seconde et ajouta, beaucoup plus bas...

— Tu sais...

Cette hésitation fit que le souci déchirant d'Antoine, que son mal lui revint à la conscience, en occupa tout le champ, étouffa tout ce qui n'était pas de son ressort.

— Tu trembles pour des visions, s'écria-t-il avec une brutalité nouvelle. Il n'y a rien contre toi ! Pas une preuve ! Ils t'ont laissé partir ! Alors ? Qu'est-ce qu'il te faut de plus ?

Antoine baissa la voix, parce qu'il allait parler de son tourment et que, chaque fois, le souffle lui manquait.

— La vérité, tu veux la savoir ? reprit-il. La vérité, c'est que ton inspecteur est ici pour une autre affaire, mais que, toi, tu n'as que ton mari dans l'idée. Lui... lui... et toujours lui.

— Antoine, Antoine, je t'en supplie, mon chéri, mon amour, je t'en supplie... si tu savais... comme j'ai pensé à toi seul, comme je t'ai appelé... gémit Kathleen.

— Bien sûr... tu as peur... à cause de lui... Et tu as besoin de moi pour te consoler de lui, cria Antoine. Comme une doublure, une pauvre doublure de rien du tout pour passer le temps.

Kathleen était retombée sur ses oreillers et pressait contre eux sa nuque comme si elle avait voulu y creuser un refuge.

— J'ai touché juste, je vois, hein, dit Antoine.

Il voulut ricaner, seulement sa gorge était sèche, et il n'en sortit qu'une espèce de rauque soupir. Et ses yeux pesaient sur Kathleen, exigeaient, forçaient une réponse.

Elle sentit bien que répliquer était inutile, que tout ce qu'elle dirait allait être déformé, abîmé, retourné contre elle. Mais ces yeux... ces yeux...

Elle s'obligea à parler avec le plus de calme possible, sur un ton d'entretien uni pour essayer de faire revenir Antoine au sens de la raison.

— Tu ne penses pas, demanda-t-elle doucement, que tout ce que tu me dis en ce moment, je pourrais te le dire ? et en souffrir ? Mais j'ai confiance... je crois en toi...

— Naturellement... trop facile... s'écria Antoine, et il réussit à ricaner. Moi, il n'y a pas de mystère. Moi, c'est franc, c'est ouvert. Tout le monde a pu se régaler de mon histoire. Les journaux ! Le procès ! La vedette !

Il ricana de nouveau longuement, comme s'il ne devait jamais finir et s'approcha du chevet de Kathleen. Là, son ricanement cessa soudain et il chuchota :

— Tu as confiance ? Bien sûr. Tu le sais bien maintenant que je me fous d'elle. Je me fous de l'avoir aimée et je me fous de l'amour...

Un cri de Kathleen, étouffé, mais parti de l'être le plus profond, arrêta Antoine.

— Non... non... ne dis pas, tu le regretteras... balbutia-t-elle.

Antoine rapprocha davantage sa figure de celle de Kathleen et répondit :

— Je m'en fous, tu comprends... Ce n'est pas

comme toi, hein ! Tu t'en repens de la falaise, toi ? Tu le regrettes, lui ? Il te manque...

— Tu es fou, cria Kathleen.

En même temps elle entoura le cou d'Antoine de ses bras et l'attira avec une force si surprenante qu'il se trouva entraîné sur le lit auprès d'elle. Alors elle le laissa aller. Cet effort avait découvert Kathleen presque entièrement.

A travers l'étoffe de sa chemise de nuit, Antoine distingua ce corps si fin de lignes, d'une matière si tendre, si fragile et qui lui donnait toujours dans les premiers instants une émotion toute pure et comme religieuse. La fille amenée par Porfirio Rochas lui revint à la mémoire et il éprouva pour le corps de Kathleen une reconnaissance qui transfigurait l'aspect du monde.

« Oui, je suis fou de salir ça... que je n'ai jamais mérité », pensa Antoine.

Quand il regarda Kathleen, son visage aussi était transfiguré.

Elle pencha légèrement la tête vers Antoine et son cou prit cette inflexion qu'Antoine aimait si fort. « Comme un cygne », pensa-t-il une fois de plus.

Il avança sa bouche pour l'embrasser, et, ce faisant, il revit la bouche de Porfirio sur le cou de la prostituée et l'expression qu'avait cette bouche.

Tous les hommes aimaient embrasser une femme à cette place, et surtout quand elle était faite comme Kathleen. Combien de fois l'autre...

Antoine releva la tête d'un mouvement imperceptible pour ne pas effaroucher Kathleen. Elle attendait les yeux fermés et, du coin de ses paupières et du coin de ses lèvres commençait à filtrer un mystérieux et souterrain sourire.

— Voilà ce que je tenais à savoir, dit Antoine tranquillement, tandis qu'il était ravagé par une douleur qui n'épargnait rien en lui. Pas mal joué de ma part.

— Quoi... tu ne... que veux-tu ? demanda Kathleen.

— Je voulais me rendre compte, c'est tout, dit Antoine. Comment tu étais quand tu avais ses lèvres dans le cou. C'est beau à voir, tu sais. (Il gardait son empire sur lui-même. Sa voix montait de ton, d'intensité.) Et puis il allait à la bouche ou, avant, aux seins peut-être ? Et après, il te passait un bras sous la tête ou te prenait les épaules ? Comme moi ? Seulement avec lui, pas de temps mort... Le grand jeu ? Tout de suite ? Tout le temps ? Dis-moi. Que j'apprenne. Que tu aies autant de plaisir. Le même vice.

Ses questions, Antoine les coupait de pauses, de rires sourds et faux, de mouvements affreux du visage.

Et il continua, continua son inquisition sexuelle, allant sans cesse plus loin dans un langage plus nu, jusqu'au moment où il ne trouva plus d'images assez obscènes. Alors, devant le silence obstiné de Kathleen, il la saisit par les bras en criant :

— Tu causeras. Tu as donc si peur de moi que tu n'oses pas l'avouer ? Mais comprends-le, moins tu parles et plus je le vois que tu n'as aimé que lui. Seulement, je veux que tu le dises.

A ce moment, le visage désuni de Kathleen prit une décision, une fermeté singulières. Antoine comprit qu'elle allait parler. Et il dit :

— Trop tard... Tais-toi. Je me fous de tes chienneries.

Antoine avait très froid. Il était transi jusqu'à la moelle par une peur qu'il ne savait comparer à aucune autre, la peur de la connaissance.

« Je flanche... une loque... je suis une loque », pensait Antoine.

Mais il n'éprouvait contre lui-même ni fureur ni honte. Seulement une épouvantable pitié.

A cause de cette pitié pour lui-même, il regarda misérablement Kathleen et s'aperçut alors qu'elle avait les lèvres couleur de cendre, une expression hébétée dans le regard, et qu'elle grelottait.

Il recouvrit d'une main mal assurée les yeux de Kathleen. Quand il sentit qu'elle avait baissé les paupières, il se mit à lui caresser les cheveux. Ses doigts tremblaient un peu et les légères vibrations se répercutaient dans tout le corps de Kathleen.

« Comme il souffre... comme il souffre... pensait-elle avec désespoir. Et je ne peux rien pour lui... il ne me croira jamais. Et s'il savait, mon Dieu, s'il savait... »

Il y eut un blanc dans son esprit et Kathleen fut uniquement reliée au monde par la caresse dans ses cheveux. Elle revint à elle avec un tout-puissant élan intérieur : « Je l'aime... Je l'aime, se dit-elle. Pourquoi ne peut-on pas être heureux ? »

Alors l'idée vint à Kathleen — elle l'avait eue souvent, mais pas avec cette conviction — qu'elle avait d'abord à payer son crime. Et cela l'apaisa. Quand elle aurait assez souffert, alors peut-être...

Déjà Antoine se montrait meilleur pour elle. Il restait... Sa main ne tremblait pas. Elle était lourde, elle était bonne. Quelle paix, quand Antoine était lui-même...

Kathleen se sentait fatiguée au-delà du possible. Chaque fibre, chaque cellule aspirait au repos. Le sommeil vint.

ANTOINE s'aperçut que Kathleen dormait seulement lorsque sa main fut engourdie. Il la dégagea en retenant son souffle. Kathleen ne remua point.

Son visage exténué, amenuisé par le tourment, était lavé par le sommeil et si pur, si pur…

Il y avait sur les traits d'Antoine comme un vague reflet de cette pureté. Il se pencha sur Kathleen et frissonna. Au coin des yeux luisaient deux petites larmes. Elle pleurait en dormant. Pour avoir sa figure plus près de la sienne, sans réveiller Kathleen, Antoine se laissa glisser sur les genoux et posa sa tête sur l'oreiller. En même temps, il parlait.

— Ne pleure pas, ma beauté, ne pleure pas, mon petit enfant, disait Antoine. Ça me punit trop. Je ne veux pas. Je t'aime si bien… Je te veux tout le bien de la terre. Ne pleure pas.

Il n'y avait plus de larmes entre les cils de Kathleen.

— Tu m'entends... tu ne le sais pas, mais tu m'entends, disait Antoine. Ecoute, écoute-moi. Tu es là, je t'ai connue, tu as voulu de moi... c'est tout ce qui compte. Et il en a fallu des choses pour que ce soit possible. Je comprends... Je comprends... Mais j'ai trop d'amour... Il est trop grand. Il y a trop de place pour recevoir les coups. Et je ne peux pas. Il faut que je les rende. Mais si j'ai fait mal, c'est que j'ai encore mal davantage et que je t'aime encore plus.

Les lèvres de Kathleen s'étaient un peu ouvertes et son souffle était tiède, égal et léger.

— Je n'y peux rien, je n'ai pas d'éducation, disait Antoine. Quand je me sens mauvais, je ne suis pas en peine pour les mots... Pour la douceur, je ne trouve plus rien. On ne m'a pas appris.

« Mais toi, tu sais tout, tu comprends, tu devines. Ce n'est pas possible que tu ne le saches pas... Je t'aime. »

Antoine avait parlé plus fort. Kathleen ouvrit lentement les yeux. Avant qu'elle eût achevé, Antoine se releva.

— Tu m'aimes ? demanda faiblement Kathleen.

Le regard de Kathleen, le mouvement de ses lèvres étaient situés dans le secret espace qui sépare les rêves de la réalité. Cela dura trop peu pour être appelé un instant. Mais cela suffit pour qu'un obscur appel parût dans les yeux encore voilés et que la bouche prît une inflexion charnelle. La vie était là de nouveau.

Et, quoi que fît Antoine, il ne put arrêter le retour à la vie. Et la pensée lui vint que — peut-être, sans doute, sûrement — Kathleen avait eu déjà des réveils merveilleux près d'un autre. Et que — peut-être, sans doute, sûrement — dans sa demi-conscience, elle cherchait encore cet homme.

Antoine posa sa main sur les yeux de Kathleen.

— Dors, pour toi, pour moi, pour le bonheur, pour le malheur... dors, pria Antoine.

Kathleen retourna au sommeil.

Elle n'entendit pas Antoine s'en aller peu après.

Antoine sortit de la maison.

Devant le porche, un homme semblait attendre. Le feu de sa cigarette lui éclairait confusément le bas du visage. Antoine reconnut l'odeur du tabac.

— Anglais ? demanda-t-il en s'approchant de l'homme.

— Mon nom est Robert Lewis... inspecteur Lewis, dit celui-ci.

Antoine réfléchit un instant.

— Alors c'est vrai ? murmura-t-il.

— Je vois avec plaisir que Mrs Dinver vous a parlé de moi... Excellent, excellent, dit l'inspecteur.

Il se frotta les mains et le feu de sa cigarette montra qu'il souriait avec bonhomie.

Antoine réfléchit encore.

— Et alors ?

— Rien, dit l'inspecteur Lewis. Du moment que vous la quittez, Mrs Dinver est chez elle et je n'aurai pas la chance de la rencontrer cette nuit. Bonsoir, Monsieur Roubier.

— Vous savez aussi mon nom, dit Antoine.

— J'en avais besoin, dit l'inspecteur Lewis.

Antoine réfléchit de nouveau, plus longuement. Il dit enfin :

— Je pense que je vais vous envoyer à l'hôpital.

— Non, dit sans changer de voix l'inspecteur Lewis. Je ne le pense pas. Au Yard, pour le championnat du judo, j'ai gagné la ceinture noire. Bonsoir, Monsieur Roubier.

L'inspecteur fit quelques pas. Antoine n'avait pas bougé. Lewis s'arrêta.

— Si l'envie vous prend de me revoir, dit-il, je suis toujours avant les repas dans ce bar anglais en face de la petite gare pour Estoril. Vous connaissez ? Un endroit fort décent, ma foi. Venez prendre un vrai whisky écossais à l'occasion.

Antoine demeurait à la même place. Il ne comprenait rien.

Il dit :

— Je ne bois pas avec les flics.

LE George's était une réplique assez vivante des tavernes britanniques : boiseries, tonneaux de vin de porto, bons fauteuils de cuir, gravures de chasse et — ce qu'il n'y avait plus depuis la guerre en Angleterre — toutes les boissons à volonté.

L'inspecteur Lewis, selon son habitude, arriva à midi et salua discrètement quelques hommes, âgés pour la plupart, de manières agréables et vêtus de tweed comme on en voit dans les clubs du Pall Mall. L'inspecteur s'assit sur un tabouret, commanda du whisky écossais et une bouteille de soda, fit le mélange et, savourant le plaisir à l'avance, se frotta les mains.

Il but tranquillement, régulièrement. Aucune préoccupation ne semblait troubler sa modeste félicité, mais chaque fois que la porte s'ouvrait, ses yeux débonnaires brillaient soudain d'un éclat aigu et dur, et, sans qu'il bougeât la tête, allaient avec agilité dans la direction du seuil.

L'inspecteur Lewis mélangeait son deuxième whisky-soda quand Antoine entra.

— Garçon, dit l'inspecteur Lewis, voulez-vous demander de ma part à Monsieur ce qu'il aimerait boire ?

Antoine, qui interrogeait les visages en hésitant, l'entendit et vint au comptoir.

— Je ne bois rien, dit-il.

— Vous aimez mieux parler ? Les deux, pourtant, vont bien ensemble, dit gentiment Lewis.

Il quitta le comptoir avec son verre et conduisit Antoine au fond de la salle où il n'y avait personne. Là, il le pria de prendre un fauteuil et s'assit lui-même de l'autre côté d'un baril de porto qui servait de table.

— C'est vraiment un décent petit coin, dit Lewis avec un soupir de contentement.

Il passa ses paumes l'une contre l'autre.

— J'en étais sûr, dit Antoine.

L'inspecteur le considéra avec une curiosité courtoise.

— Je ne pouvais pas bien vous voir, cette nuit, reprit Antoine. Mais j'étais sûr que vous étiez le genre de type à vous frotter tout le temps les mains du malheur des autres.

— Hé ! hé ! Il y a du vrai là-dedans, dit l'inspecteur Lewis. Mais il faut que le malheur soit un peu difficile, compliqué et fasse travailler l'esprit.

Il allait se frotter les mains, se ravisa et murmura avec confusion :

— Excusez-moi, je crois que ça vous donne sur les nerfs.

— Un peu, dit Antoine.

Il gratta le rebord du tonneau auquel il était accoudé et reprit :

— Vous êtes le genre de type qu'un malheur... comme le mien... à Londres, n'intéresse pas.

— Beaucoup, Monsieur Roubier. Beaucoup. Mais uniquement dans le sens de la sympathie. Dans le procès, j'étais de votre côté. Et je le pense. Des femmes comme était la vôtre sont une disgrâce pour le pays.

Les yeux de Lewis ne souriaient plus. Ils étaient sincères et très durs. Antoine se sentit attiré vers l'inspecteur.

— Vous êtes un drôle de flic, dit Antoine pensivement. C'est peut-être à cause de ça... que je ne vous ai pas frappé hier. La peur n'y était pour rien.

— Je sais, dit Lewis.

Il commanda un troisième whisky et soupira :

— Si l'on est seul à boire en société, on se sent un vieil ivrogne. Et l'on a la triste impression de voler le temps des compagnons. Cette conversation sur nos caractères m'enchante... Mais vous n'êtes pas venu pour cela... Mrs Dinver, sans doute ?

Antoine regarda le policier sans répondre.

L'inspecteur Lewis écarta légèrement le verre qu'on venait de lui apporter, s'accouda à son tour sur le tonneau. Son front touchait presque le front d'Antoine.

Il dit très bas et très tranquillement :

— Elle l'a tué... vous le savez bien...

Dans le danger, Antoine avait toujours eu une maîtrise très sûre de ses nerfs.

— Pour le faux comme pour le vrai, votre travail est d'essayer la surprise, dit-il.

Sa voix était du meilleur naturel, sa figure bien calée dans le creux de sa main droite. Il sentit qu'il n'avait rien livré à l'inspecteur.

— Monsieur Roubier, vous êtes dans l'erreur, dit sérieusement Lewis. Je ne triche pas avec vous. Je n'ai pas les moyens. Je pense en votre présence... Pas plus...

— Et alors ? demanda Antoine.

— Alors, je pense qu'une femme comme Mrs Dinver ne peut pas... comment dirai-je... s'attacher à un homme... excusez-moi, tel que vous, sans qu'il y ait... je vous demande pardon... une raison suspecte, complicité du malheur... du malheur après coup.

Antoine haussa légèrement son épaule gauche et dit :

— Merci pour mon physique...

— Un bon sens de l'humour, dit Lewis en souriant.

Son regard fut sérieux de nouveau quand il reprit :

— Ce raisonnement, tout de même, en confirme un autre. Je ne crois pas à l'accident de Dinver. Un homme un peu adroit, qui connaît les lieux, ne glisse pas d'une falaise qui ne s'éboule pas. Or, il n'y avait pas le moindre effritement. La falaise faisait partie de la propriété. Et Dinver était un parfait sportif.

La tête d'Antoine reposait toujours sur sa main, mais les doigts s'étaient repliés. Antoine tenait maintenant sa tempe contre un poing fermé. Les yeux de l'inspecteur Lewis glissèrent vers cet appui et revinrent au visage d'Antoine.

— Sportif, par métier ? demanda celui-ci.

— Oh ! non, pensez-vous ! s'écria l'inspecteur Lewis. Dinver avait une belle fortune, vivait dans la haute société et enseignait l'histoire de l'art. Mais je vous demande pardon... toutes ces choses n'ont pas d'intérêt pour vous...

— Et pour qui en auraient-elles ? demanda rudement Antoine qui se levait.

Sur le seuil du bar, il se retourna. L'inspecteur Lewis, aussitôt, arrêta de se frotter les mains.

— Je vous demande pardon, cria-t-il... A bientôt.

Antoine fit claquer la porte.

LA nuit était très lourde. Un vent suffocant soufflait des terres chaudes du sud.

Kathleen et Antoine, avant de rentrer, allèrent jusqu'à la place du Commerce et s'assirent sur les marches dont les dernières étaient baignées par le Tage. L'eau même semblait sans fraîcheur.

Antoine n'avait pas encore parlé de l'inspecteur Lewis à Kathleen. Il continuait à hésiter sur ce qu'il devait faire.

« Elle s'affolera, et c'est jouer dans la main du flic », pensait Antoine. « Pourtant, il faut bien l'avertir qu'il est après elle à fond. »

Depuis qu'il avait l'âge de conscience, Antoine se souvenait d'avoir aidé les hors-la-loi, les rebelles, les traqués. Cette solidarité était en lui, dans le sang. Mais, pour cette femme, sans défense et perdue qui, près de lui, regardait les façades frappées par un clair de lune pesant, le danger qui la menaçait lui imposait une nouvelle forme de l'amour.

— Dire que je n'ai même pas vu cette place merveilleuse quand je l'ai traversée pour la première fois, murmura Kathleen.

Antoine se souvint. Elle débarquait du paquebot *Lydia.* Il l'avait conduite à l'Avenida. Elle lui avait donné une livre.

— Comme j'étais malheureuse alors ! dit Kathleen.

Elle passa son bras autour du bras d'Antoine. Il se sentit plein d'orgueil, de pitié, de force, et se jura de dégager Kathleen de toutes les menaces.

— J'aime cet endroit mieux que tout endroit au monde, reprit Kathleen.

Antoine se souvint encore. Ils étaient partis de là sur le fleuve pour gagner le phare. En revenant, ils avaient débarqué là.

— C'est tellement beau de pouvoir faire entrer notre histoire dans une vieille et grande histoire, dit Kathleen.

Elle se mit à rêver tout haut du passé de la place. Elle avait beaucoup lu et savait donner une vie profonde et simple aux souvenirs de ses lectures.

A l'ordinaire, Antoine l'écoutait avec la passion de s'instruire et plein de gratitude pour elle qui l'instruisait. Ces instants, dans leurs rapports, étaient parmi les meilleurs. Mais

Kathleen, cette fois, sentit qu'Antoine la suivait mal.

— Je t'ennuie, mon chéri ? demanda-t-elle.

— Tu as l'air de répéter une leçon, dit Antoine.

— Une leçon ! s'écria Kathleen.

— D'histoire de l'art, dit Antoine. Et d'un professeur que tu connais bien.

L'allusion fut d'autant plus terrible pour Kathleen qu'elle exprimait la vérité. Partielle, déformée, mais la vérité.

— Comment sais-tu ? chuchota Kathleen.

— J'ai, moi aussi, des fantômes sur le Tage, dit Antoine en ricanant.

Kathleen se leva brusquement, puis elle supplia :

— Antoine... au nom du ciel... tais-toi.

Sa voix tremblait d'une épouvante superstitieuse.

Antoine se leva à son tour.

— L'école du soir, c'est fini pour moi, tu comprends, dit-il.

DANS le trajet de la place du Commerce jusque chez elle, Kathleen tint le milieu des rues. Elle frissonnait dès qu'elle apercevait une ombre, et se retournait comme si elle était traquée par une poursuite inexprimable. Antoine ne lui était d'aucun secours. Il marchait, fermé, obscur.

C'est lui qui effrayait le plus Kathleen...

Elle ne se rassura qu'aux approches de sa maison. Tout était dans l'ordre habituel, tout était familier. Kathleen prit le bras d'Antoine. Il la laissa faire.

Soudain, il la sentit pendre à son côté, comme inerte. Un homme sortit du porche de la maison de Kathleen. Le clair de lune montra le visage de l'inspecteur Lewis.

Il salua, passa, tourna le long d'un vieux mur.

Antoine dut soutenir Kathleen jusqu'à son appartement.

— Je te demande pardon, disait-elle, et ses

yeux agrandis erraient avec épouvante le long de la cage de l'escalier pour y déceler des êtres invisibles. Je te demande pardon... Je ne vaux rien... mais, entre lui et toi, je ne peux plus... ma tête me lâche... Pardon, Tonio...

Antoine serrait Kathleen contre lui avec une fureur de tendresse et de repentir qui éprouvait son souffle beaucoup plus que la charge de ce faible corps. Il songeait :

« C'est un crime commis contre elle. Je lui assassine les nerfs, le cerveau. Elle n'est pas de force... Le flic, c'est déjà trop pour elle. »

Dans sa chambre, le premicr mouvement de Kathleen fut d'appuyer son front brûlant contre un azulejo. La fraîcheur de la mosaïque pénétra lentement en elle.

— Voilà, je vais mieux, Antoine... C'est fini. Je te demande pardon, dit Kathleen.

Quand, avec un misérable sourire qu'elle voulait courageux, elle se retourna vers Antoine, elle découvrit chez lui une expression qu'elle ne connaissait pas : sérieuse, fraternelle.

Antoine avait le sentiment d'être avec un compagnon de combat gravement blessé.

— Il faut semer ce flic Lewis ; il faut t'en aller, dit doucement Antoine.

Elle leva un peu les bras, les laissa retomber et murmura :

— J'ai essayé une fois. Je ne peux plus recommencer.

— Même avec moi ? demanda Antoine.

Il vit l'indrédulité, comme devant un présent fabuleux, répandue sur les traits de Kathleen. Il baissa les yeux. Il n'avait pas mérité cette lumière.

— Est-ce que... Antoine... vraiment... j'ai bien... tu as dit ?... balbutia Kathleen.

— Au Venezuela, il n'y a pas d'extradition, grommela Antoine.

Il ne voulait pas regarder Kathleen, mais un appel si puissant émanait d'elle qu'il fut obligé de relever son regard jusqu'à celui de la jeune femme. Malgré la pleine lumière dans la chambre, les yeux verts de Kathleen brillaient comme les feux des vers luisants.

— Mais, tu m'aimes, alors... tu m'aimes un peu, chuchota Kathleen.

Antoine ramena ses yeux vers le plancher. Il aurait payé en travail, en douleur, n'importe quel prix pour répondre selon ce qu'il sentait. Il dit :

— Tu sais... pour un copain...

Cette fois, il ne réussit pas à égarer Kathleen. Elle demanda en souriant à demi :

— Mais un vrai copain ?

— Si tu veux, dit Antoine.

Il se mit à marcher à travers la chambre. Il réfléchissait tout haut.

— Mon cargo est là dans une semaine... Une

ordure de bateau... Personne ne t'y viendra chercher... Pas de radio à bord... Un rêve.

Il rit de tout cœur et, s'arrêtant devant Kathleen :

— Tu t'en souviendras, je te promets, de cette croisière de luxe.

Elle rit aussi, puis dit :

— Pour l'argent...

— S'il est besoin, je t'en prendrai, dit Antoine. Mais je vais tâcher tout de suite qu'il n'en soit pas besoin. Attends-moi.

ANTOINE trouva Porfirio Rochas dans une taverne du bas port, en bras de chemise, qui jouait aux cartes :

— Alors, Tonio, on recommence la bonne vie ? demanda Porfirio.

— J'ai à te parler, dit Antoine.

— Atout, dit Porfirio. Parle, Tonio. Personne ne sait l'anglais.

— Je veux donner mon passage à quelqu'un, dit Antoine.

— Tu ne pars plus ? demanda Porfirio sans s'étonner.

— Je pars aussi, dit Antoine. Je paierai en nature. A la chauffe, à la cuisine, où tu voudras. Ça ne sera pas la première fois.

Porfirio tira attentivement sur son cigare.

— Bueno, dit-il enfin... Atout... Bueno.

— L'autre passager est une femme, dit Antoine.

Porfirio enleva délicatement son cigare de sa bouche et demanda :

— L'amour ?

— Si tu veux, dit Antoine. Personne ne doit rien savoir avant le contrôle des papiers à bord.

— Le mari ? demanda Porfirio.

Antoine hésita un instant. Mais il était comme en état de grâce.

— Ça se peut, dit-il.

— Bueno... Bueno... dit Porfirio. Atout...

— AH ! Monsieur Roubier, s'écria l'inspecteur Lewis.

Il descendit de son tabouret de bar et alla avec empressement, d'un pas qui sautillait un peu, au-devant d'Antoine qu'il rejoignit au milieu de la salle. Là, il lui prit le bras et le conduisit jusqu'au baril de porto autour duquel ils avaient déjà conversé.

— Plaisir de vous voir, vraiment plaisir, dit Lewis.

Ses paumes se rencontrèrent et il commença de les frotter, mais s'arrêta soudain.

— Le diable emporte cette habitude... Je vous demande pardon, j'avais oublié...

— Allez-y... je vous en prie, dit Antoine de tout cœur.

Il avait passé avec Kathleen une nuit d'admirable entente physique. Toute la matinée, ils avaient parlé du voyage et de leur vie au Venezuela.

— Oh ! je peux... vraiment... dit l'inspecteur Lewis.

Mais il ne profita pas de la permission et Antoine regretta de l'avoir donnée. Elle découvrait sa bonne humeur, et cela pouvait mener loin un homme comme Lewis.

— Mrs Dinver va bien ? demanda très courtoisement l'inspecteur.

— Elle se plaît dans le pays, dit Antoine.

Il fut content de la réponse. Elle rachetait un peu la précédente.

Il se surprit même à tirer de la présence de l'inspecteur, de l'endroit où ils se trouvaient et de l'entretien qu'ils menaient, un singulier plaisir. Un plaisir trouble et sourd comme un jeu clandestin.

— Mais dans ce pays, Mrs Dinver n'aime pas me voir, soupira Lewis. Cette nuit, par exemple...

— Oh ! cette nuit, moi aussi, je vous souhaitais dans l'enfer.

— Et tout de même, vous êtes venu ici, dit doucement l'inspecteur.

— Ce doit être un vice, répliqua Antoine.

L'inspecteur dit paisiblement :

— Je le sais bien.

Il poursuivit comme si Antoine avait dû être au courant du travail de sa pensée :

— Voyez-vous, Monsieur Roubier, ce qui me manque surtout, c'est le motif.

— Motif à quoi ? demanda Antoine.

— On ne tue jamais sans motif — et même les fous ont les leurs — et Mrs Dinver n'est pas folle, dit Lewis.

Antoine prit une des pailles destinées aux boissons glacées qui se trouvaient sur le tonneau. Ce fut toute sa réponse.

— Je me trompe. Mrs Dinver est folle de vous, reprit Lewis. Mais à présent seulement.

Antoine défaisait avec soin le papier de soie qui enveloppait la paille.

Lewis soupira :

— Oui, seulement à présent. Ah ! si la chose entre vous deux avait commencé avant l'histoire de la falaise ! C'est que, voyez-vous, Monsieur Roubier, on a eu beau chercher, et je vous l'assure, on a bien cherché, il n'y avait pas trace d'entraînement sentimental ou autre dans la vie de Mrs Dinver.

Antoine laissa tomber la paille qu'il avait mise à nu et regarda l'inspecteur Lewis avec stupeur. « C'est vrai... un amant... elle aurait pu... » songea-t-il.

Comment l'idée ne lui en était-elle jamais venue ?

— Je vous l'assure honnêtement, dit Lewis. On n'a rien trouvé.

— Ah ! oui ? dit Antoine.

Son indifférence n'était pas feinte. Il avait senti qu'il lui était égal que Kathleen ait ou n'ait pas eu d'amants. Cela ne comptait pas. Chacun avait son passé.

L'inspecteur Lewis considéra tristement la paille qu'Antoine avait reprise et roulait entre deux doigts d'un mouvement machinal.

— Absolument rien, soupira l'inspecteur. Et du côté de Dinver, pas davantage.

— Davantage quoi ? demanda Antoine.

Sa voix n'était plus exactement la même. Pas tout à fait le même naturel. Il ne s'en aperçut point.

— Eh bien, dit un peu plus vivement Lewis, si Mrs Dinver n'avait aucune raison de tuer son mari pour un autre homme, elle n'en avait pas davantage pour le faire à cause d'une autre femme. Dinver lui était strictement fidèle. Vous comprenez ?

— Je comprends, dit Antoine.

Seul, un réflexe de défense lui avait inspiré de répondre cela. Il se sentait au contraire perdu dans tous ses rapports avec l'existence. Ce n'étaient pas la jalousie, l'amour qui avaient poussé Kathleen à... Alors quoi ?

Antoine, un instant, fut pris d'une espèce de vertige intérieur. Puis, tout lui parut simple. Kathleen avait été plus avertie que les policiers. Cette femme, cette liaison qu'ils n'avaient pas su trouver, elle l'avait découverte. Et justement parce qu'elle était jalouse.

Antoine regardait Lewis avec une pitié sincère. Lewis regardait Antoine avec une certaine perplexité. Il ne le suivait plus dans ses détours.

Lewis s'étendit doucement dans son fauteuil, allongea les jambes, alluma une cigarette.

— Ainsi, pas de raison pour tuer, murmura-t-il paresseusement. Mais elle a tué et vous le savez bien.

— Si je vous dis non, ça ne servirait à rien, répliqua Antoine.

La menace contre Kathleen lui avait rendu son empire sur lui-même et il jugea avec contentement qu'il n'avait rien appris à l'inspecteur. Il fut satisfait aussi de s'en être tiré sans mentir. Il lui répugnait de mentir à Lewis.

« Et si je partais maintenant », se dit soudain Antoine. « C'est le bon moment. Pourquoi rester ? »

Mais il resta comme s'il attendait quelque chose.

Lewis fumait en silence. Il y avait peu de bruit dans la salle.

— Voyez-vous, Monsieur Roubier, dit enfin l'inspecteur, en ce moment, je voudrais être assis à votre place... dans votre peau... Oui... Alors je connaîtrais Mrs Dinver comme je ne peux pas la connaître. Et il me serait possible de deviner...

— Quoi ? demanda Antoine.

— Pourquoi elle a tué.

Antoine eut un mouvement d'impatience.

Sans y prendre garde, Lewis poursuivit :

— Pourquoi elle a tué, après un mariage d'amour, cet homme fin, sportif, cultivé, beau.

— Beau ? répéta Antoine.

— Très beau, dit Lewis. Vous savez à la manière de chez nous : grand, le visage un peu coloré, les yeux clairs, beaucoup d'énergie dans les traits. Le type des garçons qui rament dans les tournois d'Oxford et Cambridge. Vous voyez ?

— Si jeune ?

— Oh ! non, pas trop, mais plus que moi et même que vous, dit Lewis en riant.

Il ajouta soudain :

— Voulez-vous me donner cette petite paille, M. Roubier ?

Antoine, sans comprendre, lui laissa prendre le fétu. Il se rendit compte seulement alors qu'il l'avait repris et en avait déchiqueté un bout.

L'inspecteur Lewis se mit à toucher de la pulpe du doigt et un à un les épis très minces que les ongles d'Antoine avaient formés.

« Je me suis vendu et je l'ai vendue », pensa Antoine.

Mais il resta. Il voulait entendre Lewis parler encore du mari de Kathleen.

Il savait maintenant n'être venu — et dès la première fois — que dans ce dessein.

Lewis remit le fétu de paille sur le tonneau et se frotta les mains très lentement, pensivement.

CHAQUE jour, Antoine décidait de ne plus se rendre au bar de l'inspecteur et, chaque jour, il y allait.

Il avait besoin de ces boiseries, de ces fauteuils, de ces tonneaux, de ces vieux Anglais taciturnes. Ils composaient le paysage et le climat de l'intoxication. L'inspecteur Lewis, sa voix aimable et ses frottements de mains, servaient d'instrument immédiat. Le poison indispensable était l'image sans cesse mieux connue, plus détaillée, de William Dinver, le mari de Kathleen.

Il n'y avait plus de secret entre les deux hommes. Antoine admettait par toute son attitude qu'il avait reçu de Kathleen l'aveu qu'elle l'avait tué. Et Lewis ne prenait plus de détours ni de prétextes pour nourrir la recherche insatiable d'Antoine.

L'un et l'autre savaient ce qu'ils demandaient à leur commerce : Lewis, une approche pour accabler Kathleen, Antoine, des lumières de plus en plus vives sur le mort.

S'ils ne parlaient jamais ouvertement de cet échange, c'était par une sorte de politesse et parce qu'une plus étroite précision était inutile.

Tant qu'il était dans le bar, en face de l'inspecteur, Antoine ne souffrait pas, ou plutôt son mal était amorti, atrophié, souterrain. Le désir d'apprendre davantage le tenait en suspens. Ensuite, Antoine se trouvait à découvert, à nu, pour tous les supplices du plus intense et tenace tourment.

« Pas étonnant qu'elle l'ait aimé jusqu'à devenir meurtrière. Pas étonnant qu'elle ne pense qu'à lui », se répétait Antoine, tout le long des heures, et reprenait, dans son imagination à la torture, chacun des traits que Lewis lui confiait peu à peu.

Antoine connaissait maintenant la vie et les vêtements, les habitudes et les meubles, la famille et les goûts du mari de Kathleen aussi bien que la police la mieux appliquée, la plus consciencieuse du monde. Et tout lui faisait sentir combien il était lui-même laid, pauvre, grossier, inculte.

Sans répit ni merci, il construisait et embellissait, et enrichissait le portrait fascinant. Puis il avait la vision d'Antoine Roubier tel qu'il lui apparaissait, tel qu'il devait apparaître à Kathleen : ignorant, rustre, d'un physique pesant, d'un ennui sans fond.

Et il pensait :

« Avec moi, ça ne peut être que du vice. »

Ou encore :

« Elle m'a pris seulement pour la sortir du piège. Elle a été bien assez forte pour dépister Lewis. »

Antoine se sentait aux enfers, et cet enfer, il y entraînait Kathleen. Il ne le faisait pas comme auparavant. Il ne l'insultait plus, ne lui reprochait rien, n'essayait pas de la forcer aux confidences. Il n'était que trop informé.

Il possédait maintenant, pour torturer Kathleen et mettre ses nerfs à vif, les outils les plus terribles dans un inépuisable arsenal : les connaissances qu'il avait sur William Dinver.

La source en demeurait cachée à Kathleen, inexplicable. Et, quand elle retrouvait chez Antoine, dans un rappel rapide ou une allusion, ou quelque sous-entendu, ou un mot de compassion — et il ne procédait que par ces détours — quand elle retrouvait le souvenir d'une attitude, d'un penchant, ou même d'un acte de son mari, Kathleen était en proie à une épouvante qui dépassait le règne humain. Ce n'était plus Antoine qui la persécutait mais, à travers lui, l'homme qui était tombé de la falaise.

Et cet homme de qui elle avait refoulé, étouffé l'image, il reprenait, par Antoine, ses traits, son caractère, une surnaturelle existence.

Chaque fois qu'Antoine essayait d'épuiser

contre elle son tourment — et c'était tout le long des heures — Kathleen était sûre de sentir autour d'elle une forme invisible aux autres mortels. Elle percevait le souffle, elle devinait la voix qui renseignait Antoine.

Envers un tel ennemi, et qui agissait de la sorte, il n'y avait rien pour se défendre : ni parole ni mouvement.

Dans le même temps, et venues d'ailleurs, d'autres craintes harcelaient la jeune femme.

On ne voyait plus l'inspecteur Lewis aux alentours de la maison de Kathleen. Mais des policiers portugais en uniforme, des agents de la sûreté en civil inspectaient le quartier, s'informaient chez les voisins et chez les commerçants des habitudes de Kathleen, de ses manières et même de sa santé. Ils n'essayaient pas de déguiser leur enquête. Ils se montraient indiscrets et maladroits à plaisir.

On fit venir Maria au siège de la police pour examiner son droit au bail de l'appartement qu'habitait Kathleen. On scruta la quittance comme un billet de fausse monnaie. Maria revint pleine d'une humble terreur.

Kathleen trembla davantage.

Sous tant de menaces, elle sentait fondre ses dernières réserves de force et céder sa raison. Elle n'était soutenue que par l'espérance du départ. Le cargo lui semblait lieu d'asile, arche de paix, île déserte.

Le jour où le cargo arriva — et tandis qu'Antoine était allé à son bord — un policier vint demander à Kathleen son passeport, avec la plus grande amabilité. Il s'agissait d'une vérification banale. Il le rapporterait sous peu.

ANTOINE apprit cette visite en revenant du port, et le relief de ses mâchoires devint très visible.

— Tu ne reverras plus ton passeport avant que le bateau lève l'ancre, dit-il sourdement.

— Mais alors... mais... les cachets, les visas... murmura Kathleen.

— Justement, dit Antoine, justement.

Il voulait rester calme, il fallait rester calme. Il y réussit, mais il portait en lui contre Lewis une colère dure, lourde, sans pardon.

Lewis frappait au-dessous de la ceinture. Il retournait à la basse police. Il trichait à leur jeu.

— Je ne peux plus partir... c'est bien cela ? demanda Kathleen.

Elle avait une telle voix, une telle figure, que tout parut vain et criminel à Antoine, sauf de leur rendre la vie. Il sut qu'il ne reverrait plus Lewis et qu'il laisserait Kathleen en paix.

— N'oublie pas, s'écria Antoine — et le

meilleur de lui-même apparut sur ses traits — n'oublie pas ce qu'on a dit un soir : tu es mon copain, mon vrai copain et on va partir ensemble.

Il prit Kathleen contre lui sans réticence, sans arrière-pensée, l'embrassa sur les joues, le front, les yeux, la bouche, et s'en alla voir Porfirio Rochas, à la Compagnie des Cargos Caraïbes.

LA pièce de coin, ce soir-là, n'était pas vide. Des gens du bateau, des négociants, des commissionnaires et d'autres encore, sans métier défini, la peuplaient.

Porfirio Rochas, en bras de chemise, marchait du comptoir à la caisse et de la caisse au comptoir. Il était en sueur. La honte de travailler se montrait dans son regard, ses lèvres et jusque dans l'inclinaison de son cigare.

Voyant Antoine, il reprit quelque courage.

— Affaire urgente, dit Porfirio à ceux qui le pressaient. Je m'excuse pour un instant.

Puis à Antoine :

— Allons dans la salle de conférence.

Ils se rendirent au petit café qui fournissait à Porfirio son absinthe. Il était plein de mouches, de taches, d'odeurs suries.

Porfirio étira tous ses muscles avec félicité.

— Putain de cargo, dit-il.

Antoine voulut parler, mais Porfirio l'arrêta :

— Je dois boire avant.

Il avala lentement un verre d'absinthe.

— Qu'est-ce qui ne va pas, Tonio ? demanda-t-il alors.

— La femme n'a plus de papiers, dit Antoine. On les a pris. Un coup de salaud.

— Un coup de cocu, dit Porfirio. Je m'en doutais.

Une mouche se posa sur la lèvre noire et luisante de Porfirio. Il la chassa en agitant son cigare.

— Et tu voudrais qu'elle parte ? demanda Porfirio.

— Il le faut.

— L'amour ?

— Oui.

— Très mauvais pour moi si ça tourne mal, grommela Porfirio. Très mauvais pour mon cœur. Je ne serai pas au Venezuela, moi, Tonio.

— Je ne serai pas au Venezuela non plus, si ça tourne mal pour elle, et tous les ennuis — tu en as ma parole — sont pour moi, dit Antoine.

Les paupières de Porfirio se relevèrent entièrement (cela ne lui arrivait presque jamais) et les yeux de Porfirio, soudain nets et pénétrants, scrutèrent un instant les yeux d'Antoine.

— Bueno, dit Porfirio. Je m'arrangerai avec le capitaine. C'est un bon Grec. On fera passer la femme avec les marchandises la veille du départ.

— Tu es un ami, dit Antoine. Fixe ton prix. Elle est riche.

Porfirio abaissa de nouveau ses paupières. Il calcula longtemps, puis il soupira. Puis il dit :

— Non, Tonio, il n'y a pas de prix.

— Mais, s'écria Antoine, je ne veux pas que, pour moi...

— Ce n'est pas pour toi, c'est pour embêter le cocu.

Il tira sur sa chemise, mit son ventre à nu. Près du nombril, on voyait une cicatrice profonde.

— Voilà ce qu'un cocu m'a fait, dit Porfirio. Alors, tu comprends...

— C'est encore peu de chose.

RIEN ne montrait dans l'appartement de Kathleen qu'elle allait le quitter pour toujours le soir même.

Toutes les malles étaient vides, tous les vêtements dans les armoires, la trousse de toilette à sa place ordinaire. La vieille domestique faisait l'argenterie. Maria bavardait avec elle à la cuisine, en mangeant des confitures.

Elle portait déjà sous sa robe le peu de linge et d'effets qu'elle devait remettre dehors à Kathleen. Cela se perdait dans la masse.

Kathleen et Antoine se tenaient dans la pièce qu'ils préféraient parce qu'elle était la plus fraîche et qu'elle était réunie par un petit escalier en colimaçon à la terrasse du toit.

Antoine alluma une cigarette à celle qui s'achevait et porta la nouvelle à sa bouche du côté allumé.

Il jura.

— Antoine, dit Kathleen en riant doucement, tu meurs de peur.

— C'est moi qui reste.

— Un jour, un seul jour.

Elle n'arrivait pas à penser aux risques de son embarquement clandestin. Rien ne pouvait plus lui arriver de contraire.

Elle sentait Antoine entièrement avec elle, pour elle, en elle.

— Lewis est un sale flic, mais il est très fort, grommela Antoine.

— Tu connais l'inspecteur Lewis ? demanda faiblement Kathleen.

— Trop, dit Antoine.

Un instant, le souffle de l'ancienne terreur toucha de nouveau Kathleen. Mais aussitôt elle éprouva un sentiment de libération immense. Elle découvrait enfin qui avait si bien informé Antoine. Ce n'était pas une ombre. C'était un dossier.

Antoine regarda Kathleen à la dérobée. Elle avait un sourire de grand courage.

Elle dit à mi-voix :

— A nous deux, Antoine, on battra l'inspecteur.

Le temps passait.

Antoine et Kathleen étaient assis face à face sans parler beaucoup. Les vieux azulejos prirent leur teinte du crépuscule, un rose de fleur glacée.

— Avant de partir, j'irai sur la terrasse, dit

Kathleen, voir une dernière fois Lisbonne. C'est la ville où j'ai été heureuse.

Antoine fuma encore une cigarette. La cendre tombait sur ses genoux. Il ne s'en apercevait pas. On frappa à la porte. Antoine tressaillit violemment.

— Allons, chéri, dit tendrement Kathleen, tu vois bien... ce n'est que José.

Antoine jura à voix basse contre lui-même. Puis il trouva au Yankee un air singulier et fut repris par l'anxiété.

— Alors ? demanda Antoine brutalement.

— J'ai vu l'homme qui vous fait peur, dit José à Kathleen.

— Je n'ai plus peur, José, dit-elle.

— Près de la maison ? demanda Antoine avec vivacité.

Kathleen devant sortir par la cour, et par une succession d'autres cours, gagner une rue assez éloignée, cela eût servi leur dessein. Mais Antoine ne pouvait pas le dire. L'enfant ignorait tout du départ de Kathleen.

— Non, dit José. C'était près du funiculaire, comme je prenais mes journaux.

— Eh bien ? demanda Antoine.

— Il m'a payé deux fois le prix de ma liasse et puis il m'a donné une lettre pour toi, dit José.

Antoine ébaucha un mouvement de refus, mais avant qu'il ait pu le mener à sa fin, José avait pris une enveloppe sous sa chemise et la lui remit. Alors, il n'eut plus la force ; il lui semblait être dans le bar aux boiseries, aux tonneaux, et attendre avec une impatience de famine que Lewis continuât de parler.

Antoine ouvrit la lettre soigneusement, et lut :

Cher Monsieur Roubier, puisque je n'ai pas eu le plaisir de vous revoir, je me permets de vous envoyer un petit présent pour le voyage. Il concerne une personne à laquelle — je ne crois pas me tromper — vous semblez prendre l'intérêt le plus vif. C'est votre Napoléon, je crois, qui a dit : « Un bon croquis vaut mieux que tous les discours. »

Sincèrement vôtre.

Robert Lewis.

Antoine murmura :

— Un présent ?

Ses doigts fouillèrent le fond de l'enveloppe et rencontrèrent un petit morceau de pellicule photographique et un petit cliché.

— Veux-tu conduire le Yankee à la cuisine et lui donner ce qu'il voudra ? dit Antoine à Kathleen.

En sortant de la chambre, Kathleen se retourna plusieurs fois.

Antoine avait un visage sans expression.

— UNE difficulté ? C'est grave ? Je ne peux plus partir ? demanda Kathleen.

Elle était revenue très vite et le souffle lui manquait un peu.

Antoine était debout. Il tenait la main droite levée à hauteur de son visage, les doigts un peu pliés. Il regardait dans le creux de cette main.

— Antoine, dis-moi, dis-moi, supplia Kathleen. Je ne peux plus partir ?

— Mais si, mais si, tu pars et je pars aussi, répliqua Antoine.

Puis il dit :

— Et même, pour tout arranger, il y a un troisième avec nous.

Antoine n'avait pas changé de position. Ses yeux étaient fixés sur la même place.

— C'est bien plus gentil comme ça, dit-il.

Et un ricanement — le plus bas, le plus cruel, le plus obscène — ébranla tous ses traits, un à un.

Kathleen contourna silencieusement un fauteuil et s'arrêta près d'Antoine, un peu en retrait. Elle vit ce qu'il regardait. Il ne le remarqua point.

— Lewis avait raison, dit Antoine. Ton mari était encore mieux que beau... il était magnifique.

Antoine, maintenant, souriait.

— On va voyager en famille, reprit-il. La belle Kathleen, le beau Dinver, et sa doublure — moi.

Kathleen contemplait le visage de son mari. Le cliché était réduit, mais d'une ressemblance, d'un relief, d'une vie intenses.

Kathleen se souvint de la Morgue.

Lewis l'y avait menée pour reconnaître un cadavre rejeté par la mer.

Des fragments de pensée traversaient son esprit : « Pas le droit de tuer... Pas de bonheur pour qui a tué... Pas de pardon. »

L'image de la Morgue se dissipa. Kathleen vit de nouveau celle que tenait Antoine. Alors, elle se raffermit.

Elle se rappela ce qu'elle seule connaissait ; le dessous du visage si beau, l'envers de ce haut front, le vrai sens de ces lèvres subtiles, le regard secret de ces yeux qu'on trouvait admirables.

« Ce n'était pas ma faute, se dit-elle avec une sorte d'espoir désespéré. Je ne peux pas être tout à fait maudite. Seulement, il faut payer le prix... Tout le prix. »

Kathleen étendit le bras dans un mouvement très doux, et pourtant d'une autorité singulière, et prit l'image de son mari.

— Antoine, dit-elle.

Il se retourna vers Kathleen comme si elle l'avait frappé.

— Tout est bien, dit Kathleen. Il fallait cela. Je devais payer le prix du passage. On ne pouvait pas s'en aller et que je ne paye pas le prix. Tout est bien, je t'assure.

Elle regarda le cliché à fond, pour y voir de nouveau l'autre côté de l'homme qu'il représentait et prendre ainsi le courage nécessaire.

Elle dit :

— Si je ne t'ai pas tout raconté, il ne faut pas m'en vouloir. C'est à cause de toi. Je ne voulais pas l'enlaidir à tes yeux. J'avais peur de ta répugnance. Tu pouvais me dire n'importe quoi. Je préférais te laisser croire que j'avais inspiré et partagé un grand amour. Une seule fois, j'étais prête. C'est toi qui ne l'as pas voulu.

— Je me souviens, dit Antoine.

Il se sentait très calme. Il ne craignait plus rien.

— Alors, voici... dit Kathleen.

Elle parla froidement, nettement, en comptable. Elle payait.

— J'ai été amoureuse (Antoine ne ressentit rien). Comme toute fille de cet âge l'aurait été de lui. Ni plus ni moins. Mais tout de suite, crois-moi, l'horreur est venue. Et la haine... Quelle haine !...

Kathleen regarda l'image de son mari.

« Elle dit la vérité », pensa Antoine.

Et il demanda, sans que rien, en lui, fût engagé dans cette demande :

— Un pourri ?

— Un fou pervers, dit Kathleen. Le pire des fous. Dans un seul domaine. Mais sans cesse. Et j'étais seule à le savoir. A souffrir. A trembler. J'avais si peur de devenir contaminée moi aussi. De la même folie odieuse... Si tu veux, je te dirai...

— Non, dit Antoine. Ça ne m'intéresse pas en ce moment. Je comprends tout. Et la falaise... Il a dû, une fois de plus...

— Oui. Alors...

— Oui.

Il alluma une cigarette. Ce n'était pas pour apaiser ses nerfs. Il n'avait pas de nerfs. Il avait simplement envie de fumer.

— Je te remercie, dit-il. Et je suis sincère. Ça n'est pas facile à raconter. Je te remercie. Mais c'est dommage.

Il eut envie de caresser les cheveux de Kathleen, puis il pensa que ce n'était pas la peine.

— Dommage que tu sois restée assez longtemps pour...

Kathleen voulut parler. Antoine l'arrêta d'un mouvement à la fois impatient et las.

— Je sais, dit-il. C'est naturel ; une môme... les usages... la famille... le scandale...

Antoine hocha la tête. Kathleen eut l'impression qu'il ne la voyait plus, qu'il ne voyait plus rien. Il avait la même impression. Peut-être une tache blanche, très blanche, et des points verts.

Ils étaient tous les deux sur la marge de la vie, au bord d'un fleuve ou d'un égout sans fond. Ils ne savaient pas. Ils étaient trop fatigués.

— C'est tout de même dommage, murmura Antoine. L'autre tableau, je m'y étais habitué. Celui de ton grand amour, et que tu avais tué pour l'amour... Je ne dis pas que ça me plaisait. Mais ça pouvait aller tout de même. On était sur le même terrain.

— Et maintenant ? demanda Kathleen.

Et elle eut peur de sa voix.

— Tout va recommencer, dit Antoine.

Et il eut peur de la sienne.

— Même pas recommencer, dit-il. Cela n'a plus de commencement. Cela n'a plus de fin. C'est un autre monde. Je voudrai tout savoir. Et je ne saurai jamais, quoi que tu dises, et même si tu dis tout. Parce que c'est un autre monde. Et puis, tu es marquée. Au pire... Tu prends ton contrepoison avec moi. Je pensais avant que j'étais un pis-aller. Ça me rendait malade. Mais c'était moins difficile. J'aime mieux être une doublure qu'un infirmier. Tu sens ce que je veux dire.

Kathleen se dirigea vers la porte. Antoine la prit à l'épaule, l'arrêta, demanda :

— Où veux-tu aller ?

— Voir Lewis... Tout lui raconter.

Antoine abandonna l'épaule de Kathleen, réfléchit et finit par dire :

— Non, il aurait gagné. Je vois son système, à présent. Il a joué la bande. Par moi, contre toi. Il m'a pris pour un outil. Non. Il ne faut pas.

— Tu as raison, dit Kathleen.

— Ta police, ta justice, le prix à payer, c'est moi, dit Antoine.

Son visage était devenu comme un masque d'impitoyable désespoir. Kathleen considéra longuement ce masque.

— Antoine, dit-elle doucement, je vais sur la terrasse, voir Lisbonne une dernière fois.

— Va, le soleil se couche.

— Tu te rappelles les paroles de Maria ? Quand on a eu son temps de bonheur, on n'ose plus rien demander au ciel.

— Maria, c'est une sainte, dit Antoine distraitement.

Kathleen s'engagea dans l'escalier en colimaçon qui menait au toit.

— TU ne penses pas, Tonio, qu'il est temps ? demanda Maria.

— Temps pour quoi ? dit Antoine.

Maria agita ses bras courts et déformés par la graisse.

— Bonté de la Vierge ! Quelle fumée ! s'écria-t-elle. Mais de partir... Quelle fumée !

Elle agita de nouveau les bras.

Ce mouvement rendit Antoine à la vie. Il pensa très vite.

Le cargo... le rendez-vous clandestin...

Qu'attendait donc Kathleen ?

Elle était là-haut. Elle faisait ses adieux à Lisbonne.

Antoine retrouvait la vie et la sensibilité.

Kathleen et son mari. Mais pas le même... Un pourri, un fou... Elle avait tant souffert... Elle était seule et traquée. Et lui...

Antoine pensa que son cœur allait lui échapper.

— Maria, dit Antoine, Maria, tu sais, Kathleen a trop souffert.

— Ça se voit bien, dit Maria.

— J'ai peur.

— Moi aussi.

Elle tâta les vêtements de Kathleen sur sa poitrine.

— Je vais la chercher, dit Antoine.

— Tu feras bien.

Quand Antoine arriva sur la terrasse, il ne vit pas Kathleen.

Il alla jusqu'à la balustrade, mais ne regarda pas dans la rue.

Pourtant, une grande rumeur confuse montait d'en bas.

— La falaise… le prix… tout le prix…

Antoine croyait penser des mots. Il les disait très distinctement.

Quand Kathleen s'était lancée dans le vide, elle avait dû les chuchoter, elle aussi.

Ensuite — mais au bout de quel temps ? — Antoine vit paraître sur la terrasse des uniformes — policiers portugais — et une grosse femme en noir — Maria — et un garçon aux yeux bleus — le Yankee.

Il ne reconnut vraiment que l'inspecteur Lewis.

Il lui dit :

— C'est moi… Je l'ai poussée… Je l'ai tuée… C'est moi…

Personne ne comprit d'abord. Même pas Lewis. Puis, Lewis comprit.

Il ne crut pas Antoine, mais il lui fit mettre les menottes, comme si, vraiment, physiquement, il avait tué Kathleen.

Achevé d'imprimer en novembre 1986
sur les presses de l'Imprimerie Bussière
à Saint-Amand (Cher)

— N° d'édit. 1283. — N° d'imp. 2788. —
Dépôt légal : 1er trimestre 1978.

Imprimé en France